存在の
耐えられない
愛おしさ

伊藤亜和

KADOKAWA

存在の耐えられない愛おしさ

目次

装丁　鈴木久美
写真　須田卓馬

パパと私

パパと会わなくなって7年経《た》った。死んでしまったわけではない。パパは私が住む家から歩いて1分ほどの場所に住んでいる。でも会わない。喧嘩《けんか》をしたからだ。私が18になったとき、私とパパは警察が来るほどの大喧嘩をして、それ以来いちども顔を合わせていない。

私のパパはセネガル人だ。アフリカの西の、イスラムの国の人間だ。私の本名には苗字《みょうじ》がふたつ付いていて（戸籍上片方の苗字は名前扱いになっているけど）、パパの家系の苗字はセネガルの由緒ある聖人の家系の印として付けられているらしい。パパが言ったことなので本当かは分からない。でも実際、時々知らないセネガル人から「ごきげんようプリンセス」とメッセージが届く。くるしゅうないぞ。

今でこそ横浜《よこはま》の片田舎で祖母の作った鯛《たい》のあら汁を啜《すす》るどこにでもいるプリンセスこと私だが、パパと暮らしていた幼い頃の家の様子はやはり他とは異なるものだった。壁いっぱいに飾られた教祖様の肖像、家の中に響く大音量のアザーン（イスラム教における礼拝時間の呼びかけ）、1日5回のお祈りの声。食事のときは右手を使い、豚肉は絶対に出てこない家。年に何度かパパに内緒で食べる豚骨ラーメンがなによりの楽しみだった。それでもチャーシューを食べるのには躊躇《ためら》いがあり、箸で摘《つま》んで祖父の器に放り込んでいた。

こんな異様な家でも、本当に神様を信じていたのはパパだけだったので、私も適当に信じるフリをしながら半ば冷ややかな目でパパを見て育っていった。大いなる何かを拠《よ》り所《どころ》にしていれば、人は日々に感謝しいくらか穏やかに過ごしていけるのではないかというのが私のイメージだったのだが、残念ながらパパはとんでもない短気だった。短気というか、いちど火がつくと誰にも止められない。カミナリ親父《おやじ》という言葉があるけれど、本当に家にカミナリが落ちたみたいに暴れる。パパの怒鳴り声はアフリカらしい原始の怒りという以外に例えようがなく、DNAに直接届く生命の危機だった。シラフであそこまでリミッターを外せる人間を、私は日本で見たことがない。

それでも普段はとても優しいパパで、とりわけ娘の私にはひどく甘かったと思う。パパは私を「あわヨンベ」と呼んでいた。よくわからないけどセネガルで言う「あわっち」みたいなニュアンスらしい。パパがいつも歌う「あわヨンベ～だ～～げんきデスカ～?·」という謎のオリジナルソングが今でも耳に残っている。

パパは日本語があまり上手ではなかった。日常の会話で困ることはほとんどなかったけど、込み入った会話はなかなか成立せず、私はパパがどんな人間なのか知ることができなかった。私の中のパパは「怒ると怖い」の一点に集約されていて、その地雷を踏まずに爪先立ちをして過ごすことが私が家で平和に過ごす方法だった。


中学生のとき、パパとママが離婚して、パパは家の中からいなくなった。教祖様もアザーンも、パパと一緒に家から出て行った。私は家で堂々とチーズ入りのウィンナーを食べた。おいしかった。それでも私はたまにパパの家に遊びに行ったし、誕生日にはディズニーランドに連れて行ってもらった。パパの作るマフェ（セネガルの家庭料理）が好きだった。チキンが入った白いネチョネチョの炊き込みご飯みたいなのも好きだった。ディズニーランドには弟と私の友達も一緒に連れて行ってくれたけど、毎年言うことを聞かない弟にカミナリが落ちて、帰りの車はお葬式みたいになった。

あるときパパは腕にできた白い斑点を私に見せて「これができると天国に行けるんだ」と嬉《うれ》しそうに言った。今の生活より死んだあとのことのほうが大事なの？　今すぐファックしてあとで苦しもうってカート・コバーンも言ってたよ。

高校生になって、はじめて彼氏ができた。絶対にパパにバレてはいけないと思い、たくさんの架空の友達との予定をストックした。そして、大学に入学した頃、私の努力はお喋《しゃべ》りな弟によってあっけなく破壊され、当たり障りのない父娘《おやこ》の関係に冷たい空気が流れはじめた。

この先ずっと、私はこうやってコソコソボーイフレンドを作ったり、夜遊びしたり、ソーセージ食べたり、ソーセージ咥《くわ》えたり、お酒を飲んだりしなくちゃいけないんだろうか。パパの地雷を踏まないために、自分のしたいことを我慢しなくちゃやならないの？　もう嫌だ。壊すなら今だ。めちゃくちゃにしちゃおう。彼氏の一件以来機嫌が悪いパパの前でわざと悪態をついた。パパは買い物帰りらしく手にパックの卵を持っていた。まず頭の右側にチョップをお見舞いされた。チョップかよって思った。石刀みたいなチョップだった。私は地面に倒れた。すかさず立ち上がってパパの胸をどついた。またチョップされた。また倒れた。生卵が飛んできた。私はもういちど立ち上がって、助走をつけてパパにドロップキックをお見舞いしてやった。今度は平手打ちされた。鼻血が出た。顔の至近距離で「ビッチ！！」と怒鳴られた。私はビッチじゃない。ふざけんな。私も今まで出したことないような大声で暴言を叫び散らした。私はパパの子だと思った。殴られながらドーパミンが出て笑いが止まらない自分が怖かった。地面に押し付けられて首を絞められて、殺されるかもと思ったらワクワクが抑えられなくなって、やってみろよ！！！！　殺せ！！！！！　と喚《わめ》き散らした。近所のお婆《ばあ》さんは怯《おび》えていた。

一緒にいた友達が警察を呼んでくれて、私とパパは引き剝がされた。双方事情を聞かれ、なだめられ、私は祖父母の家に返された。友達は泣いていた。私はまだ笑っていた。

その日はパパのチョップのせいで一晩中ひどい頭痛がして、眠れずに近所の公園をヨロヨロと歩き回って、いつの間にか朝になった。

あれからパパは私の話をしなくなったらしい。私が大学で書いた卒論の教授批評がフランス語で書かれていて、ママがこっそりパパに読んでもらったらしい。とにかくすごいと書いてあるらしい。もっと詳しく教えてほしかった。今もパパは弟にお説教をするとき「亜和はひとりでも生きていけるくらい強い。すごい子だ。お前も見習え。女に負けるな」と言っているらしい。

Ｔｗｉｔｔｅｒを始めたらしいパパにフォローされた。家系ラーメンの写真をあげたらすぐにリムられた。一昨年は彼氏とアフリカ料理のお店に行ってマフェを食べた。パパの作ってくれたマフェのほうがおいしかった。

夜中の2時ごろ、ベランダに出ると夜勤に出かけるパパの車のヘッドライトが見える。いってらっしゃい、と静かに声をかける。

小さい頃よく歌ってくれた歌の意味を、私はまだ知らない。

ご挨拶

父の日の朝。前日、得意でもないビールと諸々《もろもろ》の酒を断続的に摂取していた私のお腹《なか》は、水っぽい音を立てながらギュルギュルと鳴いていた。

最近よくお腹を壊す。先週は、カルディで安売りしていたドライマンゴーを大量に食べたせいでお腹を壊した。一袋あたりマンゴー3個分の果肉が入っているらしい。マンゴーの適切な1日の摂取量は、約1個分らしいので、私は1日で約3日分のマンゴーを吸い込んだことになる。後悔はしていない。

トイレでうなだれながらカレンダーを見て、今日が父の日であるということを思い出した。去年は調子良く、ラコステのポロシャツなんかプレゼントした私だが、今月は奨学金を支払ってしまえば残金は800円。これが真っ当な会社員にならなかった者の宿命か。今年は父を財力で殴ることはできないようだ。少し親不孝な気持ちになり、去年書いた父に関するｎｏｔｅの記事を、言い訳と一緒にＴｗｉｔｔｅｒにアップした。

文章を書いてはじめてお金を貰《もら》ったのはつい先月のことで、大学で研究していた呪物に関する解説を、展覧会の図録に書いたものだった。主催の人たちには良《い》い出来だと散々褒めてもらったが、Ｔｗｉｔｔｅｒで検索してみても私の文章への感想は見つからなかった。私もパンフレットの解説なんてよく読まないし、まぁ、こんなもんだよね。達成感と寂しさが頭を覆って、週末にあげる予定だったｎｏｔｅの文章が進まない。次の仕事があるわけでもないし、ｎｏｔｅも自己満足。少々のモデルの仕事とアルバイトで生活は回っていた。このあいだ祖母には「いつまでバニーのバイトなんかやってるんだ」と言われたが、他に行くところもないし、バニーはずっとやっていたい。もう26歳だし、そういうわけにもいかないって解《わか》ってはいるけれど。

毎日寝る前に、私はＴｗｉｔｔｅｒとＩｎｓｔａｇｒａｍを隅々まで見る。なにか良い兆しはないか、有名人にフォローされてないか、親しいフォロワーがいつのまにか消えたりしていないか。3日ほど前にバズったツイートの拡散が落ちついて、通知欄は静けさを取り戻しつつあった。また、つまらぬバズを生んでしまった……と独り言を言ってほくそ笑む。本当につまらない。

支度を終えて家から出る。信号待ちをしながらふとＴｗｉｔｔｅｒを覗《のぞ》くと、漫画家の森恒二《もりこうじ》先生からＤＭが届いていた。森先生とは私がキックボクシングのラウンドガールをしていた頃に知り合って、ｎｏｔｅの文章の感想をくださる数少ない人物の一人だった。小説を書いたほうがいいよ、と前に言ってくださったのに、私はいまだに足踏みをして書いていなかった。

「今回のｎｏｔｅも良かったよ。リツイートは迷惑じゃない？」

迷惑なんてとんでもない。ありがとうございます。と返事をしてＴｗｉｔｔｅｒを閉じた。こうやって少しずつ、誰かに見つけてもらえたら、いつかは私の文章を必要としてくれる人が沢山現れるのだろうか。目の前のステージでクリトリック・リスが股間に取り付けたテルミンを弄《いじ》りながら叫んでいる。眩《まぶ》しくて、ビールを持ったまま隅の階段に座り込んだ。

2ヶ月ほど前、妹尾《せのお》から電話がかかってきた。妹尾《せのお》ユウカといえば、いまや泣く子も黙る一流爆美女コラムニスト妹尾ユウカである。彼女は高校からの親友だが、有名になった今も、忙しいなか私の文章を読んで感想をくれる。妹尾は開口一番「これさぁ、結論弱くない？」と言った。さすが妹尾ユウカ、私は薄々思っていたことをピシャリと言われ低い声で呻《うめ》いた。私の文章は結論が弱い。分かっていた。私の文章において結論が弱いのは、私が生きているうえで結論づけたことがほとんどないからだということも、分かっていた。

「みんな、答えが知りたくて読んでるんだから」

妹尾は言う。

何かにおいて答えを出すことは難しい。椎名林檎《しいなりんご》も言っていた。そう、何かを良いとか悪いとか言うのは私にとってすごく難しいのだ。目の前で起きることは大抵自分が悪い。バイト先で間違ったオーダーを打っているのはだいたい私で、私が思う価値観は全て間違っていると思わざるを得ない。殺人鬼にすら、なにか私の知り得ない正しいなにかがあると思えるほど、私は私の思考に自信がないのだ。「そうだよね」と言って私は黙った。

クリトリック・リスがなにか大声で叫んでいる。観客は目をキラキラさせて応える。私に、あんなに大声で言えることなんてあるんだろうか。かっこいいな。


夜は横浜に戻って、知り合いの画家と食事をした。このおじさんとは私が大学生からの付き合いで、私はたまに、モデルとしてデッサンの手伝いをする。そのお礼に、焼肉を奢《おご》ってくれると言うので、私はニュウマンの10階に駆けつけたのだった。高級感漂う薄暗い店のソファーに、いつも通りずんぐりむっくりな浅黒いオヤジが座っていた。

「似合わないですね。店が」

「まったくそうなんだよ」

タレがないとか白米をだせとか、貧乏人ふたりがごちゃごちゃと文句を言いながら肉を食べていると、LINEに母から連絡が来た。言われた通りTwitterを開いてみると、見たこともないアイコンの波が押し寄せていた。引用のコメントが次々と現れる。私と、私の書く文章に対しての感想が溢《あふ》れてくる。読まれている。読んでくれている。途端に焼肉の味がしなくなり、うわの空でワインを飲み続けて店を出てすぐに吐いた。ごめんなトリュフサーロイン。

森先生にお礼の連絡をした。「行くべきところに行く運命だよ」と森先生。これから私はどうなるんだろう。人生が変わるのか、それとも思ってたより変わらないのか。書き続けて、何かを結論づけられる日が、私にも来るのだろうか。私には、そんな日はきっと来ないのだろう。考えて、聞いて、悩んで、恐る恐る口に出す。沢山の人と一緒に考えたい。沢山私に考えさせてほしい。

私を見つけてくれた沢山の人たち。私の文章を読んで、人生のひとかけらを見せてくれたみなさん。ありがとうございます。

伊藤亜和《いとうあわ》です。よろしくお願いします。

わたし

10月13日、この日は母の誕生日でもあった。本当なら12月までぐっすり眠ってから外に出るつもりだった私は、母を祝う声でうっかり目を覚まし、パイナップルほどの小さな体でこの世に生まれた。今はもうない、本牧《ほんもく》の港湾病院というところだ。本牧と言えば本牧ブルース。本牧出身と言うとそう言われるが、実際どんな曲なのかは知らない。

「亜細亜《アジア》の亜に、平和の和と書きます」

母が幼い私をそう紹介していたと同じように、私も自分をそう説明している（最近は令和の和なんて言ってみたりもするけれど）。大仰な名前を付けられてしまったものだ。そのうえ珍しいことにも違いないはずなのだが、読み方を躊躇われたことは幸いにも今までほとんどない。そうしてこの23年間、「伊藤亜和」という名前で生きてきた。これに父親のファミリーネームをつけるのが正式だが、必要ないときはほとんど名乗らない。伊藤亜和ですと名乗るほうが収まりがよくて気に入っている。もともと「アワ」というのは父の生まれた国のポピュラーな人名で、キリスト教の聖書でいうところのアダムとイヴの「イヴ」が、大陸と宗教をまたいで「アワ」という発音になったものらしい。もはや原型をとどめていないので、この話を人にするとだいたい笑われる。そこに日本らしい当て字をして亜和ちゃん。泡ちゃんでも粟《あわ》ちゃんでも阿《あ》波《わ》ちゃんでもない。

横浜市中区の本牧というところは、横浜と聞いて多くの人が想像するような山下《やました》公園や中華街のエリアから、15分ほど歩いた辺りにある。少し移動すれば、周りはいつも観光客で溢れかえっているのに、この本牧というエリアだけは、駅がないゆえに陸の孤島のようになっていて、〝本牧〟と打てばサジェストに〝ゴーストタウン〟と出てきてしまうほど閑散としている。今ではイオンに生まれ変わったかつてのマイカル本牧は、バブルの頃に建てられたスペイン風の超大型レジャー施設なのだが、私が子どもの頃にはまだわずかに好景気の名残があった。広場の噴水からは気前よく水が出ていたし、モーリーとマーリーという、ミッキーとミニーをネズミからモグラに変えたようなキャラクターの着ぐるみがステージの上で子どもたちと戯れていた。今や映画館もフードコートも何もかもがなくなり、おんぼろの建物の隅で「売れても売れなくてもどっちでもいい」という態度の店が、新たに入ってくる全国チェーンのあたりさわりのない店に飲み込まれて消えていくのを見るだけの、感傷的な場所になった。

しかし、別の場所に移り住んだ今でも、私にとって本牧は特別な場所である。なんでこんなものを作ろうと思ったのだろう？　と困惑するようなものが、本牧には転々と残されている。大きなネオンの看板のハンバーガーショップ、パチンコ店の入り口に掲げられた、巨大な玉をわしづかみにしている鷲のオブジェ。子どもは決して入ることのできない薄暗いライブハウスや、ライダースを着た強面《こわもて》のおじさんたちが集うバー。走り屋たちが大砲のようなマフラーから爆音を鳴らしながら駆け抜けていく本牧ふ頭近くの広い道。カフェが併設されたアメ車パーツの販売店の店先には、緑色のグロテスクなネズミの人形が立っていた。幼い私はいつも母に無理やり手を引かれて、泣きながら目をつぶってその前を通った。海は目と鼻の先で、港には赤や青に塗られたコンテナの山がいくつも積まれていた。大きな積み木のようで、毎日見ていても飽きることはなかった。祖父が運転する車の後部座席の窓を開けると潮風が胸いっぱいに入ってきて、私は子どもながらに「ここで暮らせている私はラッキー」だと思った。都会じゃないけど田舎でもない。朽ちかけた本牧は素朴でも派手でもなく、特別な場所がセーブポイントのように用意されていた。たぶん、イイ感じってこういうことなのね、と私は本牧に学んだ気がする。あのまま本牧で成長していたら、米軍基地の男の子と夜な夜なクラブで弾《はじ》けるようなホットな世界線もありえたのかもしれない。しかし私はそうはならなかった。本牧から少し離れた山の上に移り住み、私はそこで陰気に成長した。私が越した家の向かいには、私より6歳年上の「はるなちゃん」という女の子がいた。今でこそ女の子と言えるが、当時小学校入りたての私にとって、小6のはるなちゃんはほとんど大人のようなものだった。はるなちゃんは母親とふたりでアパートの二階に住んでいて、昼間母親は働きに出ていた。いわゆる「放置子」だったのだと思う。私は毎日はるなちゃんに呼び出され「家からお菓子を持ってこい」と命令されていた。当時の私には利用されているなんて意識はなく、大した疑問を持たないままいそいそとはるなちゃんのもとへお菓子を運んだ。しばらくして、それを見ていた祖母から「はるなちゃんと遊ぶのはもうやめなさい」と言われ、戸惑っているうち、はるなちゃんは別の場所へと引っ越していった。大人になって、私は良いように使われていたんだなと理解できたが、その反面「お菓子くらい、くれてやってもいいじゃないか」という思いも残った。私は今も昔も、自分が損をしている状況に鈍い。

　小学校は何の変哲もない市立の小学校だった。16年に及ぶ長い学生生活のはじまり。周りの机には「入学おめでとう！」の文字とともに、ひとりひとりの名前が大きなひらがなで書かれたシールがおおげさに張り付けてあった。周りのみんなより少し長く、珍妙な響きの私の名前。先生が黒板の前で私の名前を呼ぶと、どこかで誰かがぷっと笑った。激しく縮れた天然パーマの髪を、母は毎日三つ編みにしてくれた。大抵が子どもらしいムチムチとした体形の集団の中で、私はみすぼらしく細長く、体操着の半ズボンから伸びた脚は砂漠の砂をまぶしたようにカサカサで、膝小僧は真っ黒だった。転校してきた杉山くんが、ある日突然私にズイと近づいてきて、「俺の姉ちゃん、お前のこと〝クモ女〟って呼んでたわ」と言った。私はそれまで杉山くんと話したことがなく、どう反応したらいいか分からなかったので、ほとんど無表情で「そうなんだ」と言った。杉山くんは走ってどこかに去っていき、それからしばらくしてまた転校していった。

女の子の集団にはあまり馴染《なじ》めなかった。放課後は近所に住んでいたはじめくんに連れられて、男の子たちとサッカーをした。ムスリムの父は、男子とばかり遊ぶ私にときどき不満のようなことを言ったが、私がねだるとサッカーボールを買ってくれた。新品のサッカーボールを抱えて意気揚々と校庭へ行くと、私のボールはみんなが使っているボールよりひとまわり大きいことが判明した。その日からしばらく、私のあだ名は「大黒《おおぐろ》選手」になった。当時日本代表として活躍していた大黒選手が大きなボールを使っていたことが理由らしいが、大黒選手のボールだけ大きいなんてことあるんだろうか。大人はみんな、大きなボールでサッカーをするのではないか。よくわからない。

3年生か4年生になったとき、私はクラスでの係分担でジャンケンに負け、掲示板係になった。先生から配られた学校新聞や今月の献立を、掲示板に張るだけの仕事。退屈だったので、私は勝手に新聞を作ることにした。その名も「ミステリー新聞」。当時、テレビでは心霊系の番組が定期的に放送されていた。私も妖怪とか、怪談とか、そういうものが好きだった。学校にある、誰も入ったことのない謎の部屋やボイラー室の中、今は使われていない焼却炉の内部や、廊下の隅に置いてある不気味な日本人形の詳細。気になることを先生たちに聞き回っては記事にして張り出した。はじめて自分の意思で文章を書いたのはこれが最初の経験のひとつだったと思う。色画用紙の上に定規で罫線《けいせん》を引いて、大きな文字で１００文字にも満たない文章を紙いっぱいに書いた。あまり話したことのないクラスメイトから「いつも楽しみにしてる」と言われて、書き続けようと思った。書き続けることが、私にとってあのときから今この時まで続いている。

　友達は小中学校でも少なかったが、高校に入学して帰宅部を選んだせいで、私は完全に孤立した。私が入学した高校は〝総合高校〟と呼ばれる高校で、普通科目のほか、専門学校で学ぶような特殊な科目を選択することができるシステムだった。そこに惹《ひ》かれて入学を決めたのだが、私以外の生徒がギャルばかりであることを、私は甘く見すぎていた。私はギャルと目を合わせることができない。直視すると目が焼かれるようで、眩しすぎる彼女たちから体は無意識に遠ざかろうとする。遠ざかって遠ざかって、私はいつの間にか、誰にも知られていないかもしれない、ひっそりとした校舎の裏の野原に座っていた。休み時間になるとそこでお弁当を食べ、授業が始まるまでそこでジッと座っていた。誰にも見つからないよう祈り続けた。春は日差しが暖かく、横になって眠ることもあった。本当に、毎日死にたかった。「高校時代学校に友達がいなかった」と言うと、「山口《やまぐち》さんがいるじゃないですか」と言われる。山口は私の友達で、高校の同級生だった女だ。この先の話のいくつかに、山口はしつこく登場する。同級生の中で唯一付き合いが続いている人物だが、べつに高校生活で四六時中一緒に行動していたわけではない。山口は私のほかにも友達がたくさんいる人気者だったので、私には暇を持て余したときの手遊《てすさ》び程度にしか構ってはくれなかった。今でも月にいちどはそのことを山口に恨みがましく言っている。私がグチグチと言うたびに山口は「そんなことないよぉ」と嬉しそうに言う。とにかく私が高校生活で憶《おぼ》えていることは、小さな野原の暖かさと、廊下の床の模様だけである。

自分が大学に行くなんて、想像もしていなかった。母子家庭で貧乏だし、一族中を探しても、大学に行った人間なんて誰のひとりもいなかったのだから。母はいくつか集めてきた受験生向けのパンフレットの中から、ひとつの冊子を指さして「ここはフランス語の学科があるし、小論文の試験があるから勉強ができなくても受かるかもしれない。受験料は一回分しか出せないから、落ちたら働いて」と言った。名前はなんとなく知っている大学だったけど、こんな私でもなんとなく知っているような有名大学は、きっとそう簡単に受かるものでもないだろう、とも思った。対策もせずダラダラと過ごして、いつの間にか試験当日になり、観光気分で受験した。小論文のテーマは1行と少し、「なぜ日本人は無宗教だと自称するにもかかわらず宗教行事をするのか」というようなものだった。短い問題文の下には大きな空白が広がる。今からここを埋めなければならない。少しわくわくした。正解はきっとないのだから、思いついたことをどんどん書こうと思った。小論文としてそれが優れていたかどうかはわからないが、合格できたということは全く見当違いと言うことでもなかったのだろう。かくして私は、一族の歴史上、はじめての大学生となった。私の合格した、文学部のフランス語圏文化学科というところは、最初にみっちりとフランス語を学んだあと、フランス語圏に関するさまざまなことについて学ぶことができる。フランス語圏ということは、フランス以外にもカナダやアフリカ、父が生まれ育ったセネガルも対象になるということだ。私は父がどんな人間なのか知りたかった。父の心や思想を作った言葉を学べば、今からでも本当の意味で理解し合う親子になれるのではないかと思っていた。面接ではいろいろと難しいことを言ったけれど、私がフランス語を勉強する理由なんて、本当はそれしかなかったのだ。最初の授業で習った簡単な挨拶を父に披露すると、父は嬉しそうに続けて早口のフランス語で私に何かを言った。まだ丸暗記で話していただけだったから、あの日父がなんと言ったかはわからずじまいだ。父は難なくフランス語を話すことができるのに、私が得意になってＬＩＮＥのひとこと欄に書いた「Je le suis parce que je pense《我思うゆえに我在り》」の意味は知らなかった。父はまともに学校に行ったことがなかったから、デカルトのことなんて知らなかったのだろう。父に「変なフランス語。どういう意味？」と聞かれて、うまく説明できなかった私は気まずそうに笑って「わかんない」と答えた。父は私に「たくさん勉強して。亜和は偉くなる」と言った。大学に入学して１ヶ月ほど経って、私と父は喧嘩をした。それから今日まで、いちども会っていない。もうすぐ10年経つ。

結局、フランス語はロクに身につかないままお情けで卒業を許され、私は社会に放り出された。就活は受かるはずもない高倍率の出版社や、映画の配給会社を数社受けただけで早々にリタイアしてしまったので、これから何をするかはなにも決まってはいなかった。ガールズバーで働きながら、SNSに時々きまぐれに文章を投稿して、あとはほとんどなにもせず、1年ほど成金《なりきん》がお遊びで作った会社で「会社員ごっこ」をして、なんの役にも立たない職歴をつけたあげく、またフリーターに戻った。26歳になっていた。モデルでも物書きともいえない、胸を張って名乗るもののない、用途不明の私がいた。恋人だった夏目《なつめ》くんは、私に「甘ったれるな」と言いながら「書き続けて」とも言った。

そんなとき、たまたまSNSでつながっていた人の紹介で、世界の呪物を集めた展示会のパンフレットに寄稿することになった。卒論でアフリカ美術を扱っていた私には多少知識のある分野だったので、私なんかで良いのだろうかと思いつつ引き受けた。

紹介してくれたSさんは、私のファンだとDMを送ってきてくれた人だった。フランスの詐欺師みたいなカイゼルひげを生やしていて、怪しい見た目に反して親しみやすい関西弁で話す、なんとも不思議な人だった。その人は何度も繰り返し、私に言い聞かせるように「亜和ちゃんの文章はすごい。絶対に売れる。大丈夫」と言っていた。自分ではとてもそんなふうに思えなかったけど、Sさんのその言葉と、大学生の頃から見守ってくれていた森先生に尻を叩《たた》かれ書き続け、今日も奇跡は起きないとため息がこぼれかけたある日、ちぐはぐだった歯車は突然すべてが嚙《か》み合《あ》ったように前に進み始めたのだった。Sさんは夜の渋谷《しぶや》の横断歩道でふと私のほうを振り返り、得意げな笑顔を浮かべて静かに「な、言うたやろ?」と言った。私の努力で報われたことなどなにもない。だからせめて、この1冊目は愛してくれた貴方《あなた》たちに捧《ささ》げます。私を信じてくれてありがとう。互いの愛《いと》おしさに耐えられなかった私たちへ、言いそびれてしまったことが全て届きますように。

ごめんなさいの代わりに

両親が離婚した。私が中学生のときだった。ドラマのワンシーンにあるような「お父さんとお母さんね、離婚しようと思うの」といった事前告知はとくになく、ある日の夜に、居間で母が祖母と話をしながら、緑の線ののった紙にハンコを押しているのを見た。私は石油ストーブの目の前の床にぺたっと座り、飼っていた猫を抱きながらそれを眺めていた。悲しいとか、驚いたとか、そういうのは特になかったように思う。あぁ、離婚するんだって、その程度だったと思う。その前後に大きな喧嘩があった記憶もないので、今でもふたりがなぜ離婚したのか、決定的な理由はわからない。けれど、なんとなく終わりが見えているような気もしていた。国際結婚は長続きしないことが多い。同じくハーフの友達の中には、外国人である父親に会ったこともないという子もいた。それに比べたら、結婚してから10年以上が過ぎ、私と弟が生まれてからもしばらく続いた我が家は、国際結婚にしてはよくもったほうだと思う。

母は不思議な人だった。というか、今でも不思議な人だ。おさない私は、それは母が周りの友達のお母さんたちに比べ、いくらか若くて人生経験が浅いゆえだと考えていたけれど、母はやはり50歳を間近に控えた今でも不思議なままだ。168センチの私よりも背が高く物静かで、授業参観に来れば噂《うわさ》になるほどの美人だった。美人であるのに、美人として生きてきた痕跡のようなものが、母からはなにも感じられない。私が知っている母は、いつも自分の世界の中で生きていて、他人からの評価など良くも悪くもなにも気にしていないように見える。いつも浴びるように本を読んでいるが、それを生活や仕事にアウトプットしている様子もない。たいてい人に話す話題作りやうんちく語りのために本を読んでいる私とは違い、母は純粋に読書を楽しんでいるようだ。本を読むことより、買い集めて満足しているともいえる私に対して、母は毎週せっせと聞いたこともないアフリカの前衛文学を図書館で借り込んできては次々と読《よ》み漁《あさ》る。ブログかなにかで感想でも書いたらいいのにそれもせず、もちろん自分で文学を書いたりもしない。平日はパートで事務仕事をして、休日はほとんど家に籠もっている。私が子どもの頃にはひとり友人がいたようだったが、彼女がアメリカに嫁いでしまってからは友人らしき人の話もなく、母は社会的に見れば孤独そのものだった。そんな母でも、若い頃は山田詠美《やまだえいみ》の小説に影響を受けて夜遊びばかりしていたらしい。そこで出会ったのが父というわけだが、今に至るまで詳しい話は聞かせてもらえていない。最近分かったのは、ふたりの出会いが騒がしい大箱のクラブではなく、こぢんまりとした玄人好みのレゲエが流れるクラブだった〝らしい〟ということだけだ。とにかく母は何も語らない。本を書くと報告したとき、母は「私の話を書かせてやるから印税を半分よこせ」と言ってきたが、結局今日まで何も語ることはなかった。

母はときどき、気まぐれにプレゼントをくれる。16歳の誕生日のときは、突然「生まれてきてくれてありがとう」と書いたかわいらしいデコメールをくれた。これから毎年送ってきてくれるのかと思いきや、結局そのいちどきりだった。20歳の記念ならわかりやすいが、なぜ16歳という中途半端な年だったのかも謎だ。大学に入ったときは押し入れから引っ張り出してきた山田詠美の『学問』を、「読みなさい」とだけ言って私のベッドの上にポンとおいてきた。母なりのメッセージがあったのかもしれないが、真意はよくわからないままだ。そうやって母が唐突にくれたものの中に、私の心に後悔の記憶として残っているものがある。それは高校生の頃に貰った、ティファニーのネックレスだ。

何か特別というわけでもない日だった。母は押し入れの上のほうをごそごそと漁り、水色の箱を引っ張り出した。「いる？」と言われて、とりあえず「いる」と答えた。手渡された箱を空けると、黒いベロアの上に金色のハートのネックレスが乗っていた。ハートは大豆一粒くらいの大きさで、形も豆のようにぷっくりと膨れていた。硬い18金であるはずなのに、シンメトリーではないハートの丸みには、ぬくもりのようなものが感じられた。

「昔パパに貰った。貸してあげる」

そうだった。母は「あげる」ではなく、「貸してあげる」と言った。ブランド物を身に着けたことがなかった私は、名前だけは知っているティファニーというものの品が、こんなボロアパートの我が家にあることに驚いた。さっそく首に着けてもらうと、まだ好きにはなれていなかった色黒の肌が一気に明るくなったような気がして、嬉しくて鏡を見ながら自分の鎖骨辺りをいつまでも撫《な》でていたのを憶えている。私は毎日それを、第二ボタンまで開けた制服のワイシャツに着けて登校した。バイトのときはアクセサリーを外さなければならなかったので、出勤するときは外してロッカーにしまい、退勤するとまた着けた。そして、想像に難くないとおり、私はものの数ヶ月でネックレスを失《な》くしてしまった。

あるとき退勤すると、ロッカーの中にネックレスはなかった。ロッカーの中を隅々まで探して、更衣室の床を這《は》うように探し回ったが、結局ネックレスは見つからなかった。叱られると思った私は失くしたことを母に言い出せず、しばらくはのらりくらりとごまかしていたのだが、とうとうごまかしきれなくなって「見つからない」と言った。母は私を滅多に叱らない。叱るどころか、我が家には面と向かって話しあうという文化がなく、すべてがなあなあに回っていた。でも、この日はそうはいかなかった。母は短く低い声で「えー」と言ったあと、床に正座をした。私も下を向いたまま、母と向かい合う形で正座した。長い時間、母は黙っていたと思う。どこで失くしたの、と言われ、バイト先だと思う、と答えた。

「だから言ったじゃん。毎日つけるから」

「はい」

「盗まれちゃったんじゃないの」

「わかんない」

母は私が高価なものを失くしたから怒っているのだろうか。それとも、父との大切な思い出を失くしたから悲しんでいるのか。前者であってほしいと、私は重苦しい空気の中願っていた。母がひとこと「高いやつだったのに」と言ってくれれば、アルバイトでお金を貯《た》めるなりなんなりして、同じものを渡すことができる。私はそうであってくれと願った。しかし、全く音のない部屋の中で、母はやはり、絞り出すように言った。

「大切なものだったんだよ」

取り返しのつかないことをしてしまった。気持ちをほとんど話さない母が、声に出して〝大切だった〟というほどのものを、私はどこかに放り出してきてしまったのだ。そんな大切なもの、どうして私に貸したのか。私がだらしない人間なのはわかっているだろうに、ママが自分の大切なものを私に預けてくれたのが嬉しくて、私はところ構わず持って行ってしまった。申し訳なさと悔しさで耳鳴りがした。当時自傷癖があった私は、下を向いたまま自分を痛めつける方法を探して、片手の甲をもう片方の爪でガリガリと引《ひ》っ掻《か》いた。皮膚が抉《えぐ》れて血が湧き出て、その光景が涙で滲《にじ》む。母はなにも言わなかった。やめなさいとも、そんなことしても許さないとも言わなかった。物は、役割を終えると自然になくなるものだと誰かが言った。本当にそうだろうか。あのネックレスは、父と母が確かに愛し合っていたことを証明するためのものだった。家族の形が消えうせたとしても、なくなってはいけないものだった。たとえどこかで全く同じ形のものを探し出せたとしても、そんなことには何の意味もないのだ。母がネックレスのことを口に出したことは、それからいちどもない。私はときどき、もしかしたら母は今でも怒っているのではないかと考えては途方に暮れる。あの日の私は、きちんと口に出して「ごめんなさい」と言っただろうか。自分に罰を与えることに夢中になって、母の悲しみを背負うことを怠ってはいなかっただろうか。いまさら「ごめんなさい」と言ったところで、どうすることもできない。

数年が経ったある日、暇を持て余した私は押し入れに詰め込まれていた家族写真をなんとなく眺めていた。大きな収納箱に入った山積みの写真の中には、ちいさな私と、若き日の父と母が写った写真が大量に残っていた。その中の一枚には、赤いトレーナーを着た父と、ピンクのTシャツを着た母。その真ん中に、古い電話の受話器を耳に当てて遊んでいる私が写っている。私を微笑《ほほえ》みながら見つめている母の胸元には、あの日私が失くしてしまったハートのネックレスが光っていた。ふたりにとって、私はネックレスなのかもしれない。自分自身がかけがえのない、家族が存在していた証拠そのものなのだと、私はその写真を見てやっと気がついた。役割を終えたものは消える運命なのかもしれない。それでも私は、あの日言えなかった「ごめんなさい」の代わりに、今日母のそばでたしかに生きている。

ごめんなさいの
代わりに

ブタニク

今日もこの店にやってきてしまった。スマホを片手に持ったままズルズルと食べられるから、ランチには麺料理を選びがちだ。なにを食べるか、もう私の心は決まっているのだが、一応店前のメニューで立ち止まって考えているフリをする。まだ口に入っていないはずのざっくりと刻まれた大根を口の中で噛《か》みしめながら、約束されたおいしさのリハーサルをする。やはり今日もこれだ。店先の店員が昨日とは違う人らしいことを確認して安心しつつ、私は「はじめて食べます」というようなおそるおそるとした態度で豚みぞれのうどんを注文した。私には、いちど気に入ったものを何日も続けて食べる癖がある。「昨日も食べたから今日はこっちにしてみよう」ということがなかなかできず、おいしいものに出会ったら、食べているそばから「明日も食べたいな」と考えている。それに、好きなものを少しずつ順番に食べるより、味の変わらない一品料理に意識を集中させて食べるのが好きなので、好きな食べ物はおのずと丼ものやハンバーグなど、小学生男児と気が合いそうなラインナップになっている。

注文したうどんが私の前にデンと置かれる。私は愛おしい人の顔を観察するようにうどんのご機嫌をうかがう。今日は具が多い。私の家の近くにある店舗はいつもこれくらい具が入っているのだが、この店舗は都会だからなのか具の量もお上品なことが多い。しかし今日の盛り付けは素晴らしい。上出来だ。備え付けられた七味をたっぷりと振りかけて、熱々のうどんをすすり始める。いつもの味。さっぱりとしていて、柚子胡椒《ゆずこしょう》が効いている。このあいだ隣の人が食べていたわかめのうどんも気になっていたが、やっぱりこっちにしておいてよかった。いつもと違うものを食べると、このあとのバイトでミスするような気がするし。

私はなるべく具を巻き込まないようにしながら、うどんだけを箸でひっかけて丁寧に食べ進める。実は、このうどんに私が期待しているのは、麺のおいしさではない。むしろ、うどんは入っていなくてもいいと思っている。こうしてうどんを掬《すく》っている時間は、私にとっては「作業」の時間でしかない。だから、今私はうどんを食べている、というよりは、うどんを取り除いている、と表現するほうが正しい。麺をほとんど噛まずに丸呑《まるの》みし終えたあと、私はついに食事を始める。うどんのいなくなったスープの中、所在なさげに浮かんでいるこの大根と豚肉たち。私はこれを食べに来た。頭のなかで幼稚園のお遊戯会で何度も練習させられた台詞《せりふ》が響く。ずっとあなたをまっていました。

ちいさい頃は豚肉がきらいだった。ムスリムの父がいる我が家の食卓に、豚肉は存在しなかった。だから、私と豚肉の接点はほとんど学校の給食だけだった。自分で注文したわけでもでもないものを強制的に食べさせられる地獄のようなイベントなんて、給食か断れない会食くらいだろう。子どもに会食の機会はないし、私にとっての地獄とは給食のことだった。きっと、家族全員がムスリムの家庭であるなら、特別な給食を用意してもらったり、お弁当を持参して対処するのだろうけれど、私の家でムスリムなのは父だけで、母は父と結婚してイスラム教に改宗したわけではなかった。父の手前、豚肉は食べないようにしているだけだから、学校にも私の食べ物についてとくに配慮を求めることはなかった。私は味の分からないものはなるべく食べたくない性格だ。それは大人になって自覚的になったけど、たぶんちいさい頃からそうだったのだと思う。給食で初対面した豚肉は、私にとっては「ヤモリの黒焼き」のようなゲテモノだった。色が白くて、脂身もブヨブヨしていて気持ち悪い。それに、豚肉と聞くと目の色を変えて怒りだす父が家にいるのに、平気な顔して食べられるわけがない。私が豚の入った給食を口に入れた瞬間、カンカンに起こった父が教室に飛び込んでくるかもしれない。私は豚肉がきらいというより、豚肉がこわかったのかもしれない。堂々と残す勇気もなくて、ティッシュに丸めて捨てたり、皿の隅に隠すように寄せてごまかしていた。どうしても食べなければいけないときは、鼻をつまんでえずきながら飲み込んでいた。習い事の合宿では、みんながはしゃぎながら焼肉をしている中で、寂しく野菜だけを齧《かじ》ってやりすごしたこともあった。

中学生になって、父と母は離婚した。家に父がいなくなって、私は唯一好きだったチーズ入りのウィンナーをたくさん食べた。父が買ってくる鶏肉《とりにく》で作ったウィンナーも好きだったけど、豚肉の入ったウィンナーはそれよりもずっとジューシーだった。

その頃から加工した豚肉は少しずつ食べられるようになって、高校生の頃、はじめてカツサンドを食べた。カツサンドは習い事の行事に行ったときに用意されていたもので、私は周りの人たちに「はじめて食べます」と前置きした。習い事のご婦人たちは「ドキドキしちゃうわ〜」「歴史的瞬間ね」などと言いながら、私がカツサンドの箱をおそるおそる開ける様子を見守ってくれていた。四角く整列したカツサンド、ソースの匂いが私に「こわがらないでいいよ」と語りかけてくるようだった。一切れ取って、ちいさく齧った。ヒレ肉だったのか、私の苦手なブヨブヨの脂もなくて、パサパサした感じがチキンナゲットみたいでおいしかった。私が「おいしい」と言うと心配そうに見守っていたご婦人たちは笑顔になって「よかった〜」と拍手をしてくれた。私はこのときのことをまるで人生の重大な通過点だったかのように記憶している。入学式、卒業式、ファーストキス、ファーストカツサンド。みんなが当たり前に食べているものを食べられるようになって、ようやく「普通の人」になれたような気さえした。

父と母は離婚したものの、家族での食事は定期的にあった。あるとき、父が長いセネガル帰省から帰ってきたのをきっかけに、私たちは月にいちど外食するようになった。その日は、食べ放題のあるしゃぶしゃぶ屋に行った。

父、母、弟、私。私たちは当然牛しゃぶコースを4人前注文した。重箱のような入れ物にお肉が重なって運ばれてきて、呼び出しボタンを押して注文すると、また追加のお肉が運ばれてくる。何回か追加を繰り返していると、さっきまでと違う様子のお肉が運ばれてきた。運ばれてきたお肉はなんだかピンク色で脂身が多かった。

「これブタニクじゃないか?」

父の目がギラリと光る。テーブルに緊張が走って、みんなで重箱の中を覗いた。明らかに豚肉でもないし、牛肉とも言い切れないような見た目だった。しばらく注意深く観察したあと、父が「まぁ、知らないでブタニク食べてしまっても、神様は許してくれる」と言った。

私はその怪しい肉を一枚箸でつまみ上げて、鍋の中に放り込んだ。やっぱり白い。見れば見るほど怪しい。父は警戒していて手を付けない。ピリついた空気の中で、お肉が茹《ゆ》で上《あ》がる。大丈夫？　と聞く父に構わずポン酢に浸して一口で頬張る。あの日食べたカツサンドに似た淡泊なお肉の中で、甘い脂がじゅわっと融《と》けた。

あっ、豚肉だ。おいしい。おいしい！　めちゃくちゃおいしい‼

頭の中で大きな花が咲いたようだった。豚肉ってこんなにおいしかったんだ。みんなこんなにおいしいものを食べていたのか。ずるい！　私は今日まで、一体どれほど損したのだろう？　もう牛しゃぶなんていらない！　一生豚しゃぶでいい！　そんな感情が頭の中で花火のように打ちあがった。

しかし、目の前で眉間にしわを寄せている父に「これブタニクだよ！　おいしいよ！」というわけにもいかない。私は悦《よろこ》びで緩んだ口をキュッと結びなおし、戸惑った表情を作りながら「よくわからない」と言った。父が店員を呼んで、お肉は取り換えられた。

それから私は豚肉をたくさん食べた。豚肉がやってくるのを待つだけではなく、私が豚肉を迎えに行くようになった。家系ラーメンのホロホロに煮込まれたチャーシュー、噛めば噛むほど味が出るポークステーキ、豚なんこつのポン酢和《ず あ》え。私は味がわからないものを進んで食べない。しかし、豚肉と私の和解は店員のミスによって偶然に起こったのだ。きっと、私が避けている未知の食べ物たちの中にも、私を新しい悦びに導いてくれるものが無数にあるのだろう。私は最近カニみそをはじめて食べた。こんな緑色のドロドロ、誰が好き好んで食べるかと思っていたのに、今では回転ずしに行くたびに狂ったように食べている。私とカニみそを引き合わせてくれたあの人に感謝しながら、私は今日も安全地帯でおいしいものの襲来を待っている。

豚みぞれうどんの続きをしよう。私はうどんを拾っていた箸をおいて、レンゲに持ち替える。プリプリの脂が躍る豚肉と、大根の破片を一緒に掬って、スープのように食べる。大根の歯ごたえを感じながら、豚の甘みがスープの中に混ざり合って舌に染み込んでいくのを楽しむ。もし父と仲直りしたら、ここにはいくらかのうしろめたさが加わるのかもしれない。私はごはんを食べるとき、いつでも目一杯の安心を求めている。食べることに罪悪感も背徳感も、緊張感も欲しくない。自分が安心できる人と、そうでなければひとりきりで、広い芝生に手足を放り投げるように食事がしたいのだ。私が父と10年近くも仲直りしていないのは、結局のところそれが原因なのかもしれない。親子の絆《きずな》に比べたらくだらないと思われるかもしれないけど、私にとって自由に好きなものを食べることは、いまや生きる理由そのものになってしまっている。明日も私は豚みぞれうどんが食べたい。同じ味で、同じ気持ちで、同じ順番でこれが食べたい。器の底に残ったお肉の破片を、残ったつゆと一緒に飲み干して、私は大きく深呼吸をした。

山男とじょっぱり女、ときどき、あやしい孫①

祖母は毎朝4時に起きる。

私はまだ寝ているから、毎日そうなのかは分からないけれど、祖母がときどき、明け方に私の部屋に入ってくることには気づいていた。入ってきて、私の寝顔を、鼻が触れそうなくらい間近でジーッと見る。真顔で。それは、かわいい寝顔を優しく見守る優しい表情とは程遠く、見守っているというよりは、見張っているような眼差《まなざ》しだった。私はまだ暗い部屋で薄目を開けながら、「こんな穀潰《ごくつぶ》しの孫娘はいよいよ鍋の具材にされるか、質屋に入れられるのではないか」と震えた。

祖父母と、3人で暮らし始めてどれくらい経つだろう。私は、数年前まで母と弟との3人で一緒に暮らしていた。小さかった7つ下の弟は、中学2年生あたりになると、両親の遺伝を引き継いで縦にひょろひょろと大きくなり、ついには190センチを超えてしまった。168センチの私は、この家の中では最も小さな登場人物だった。弟195センチ。母172センチ。私168センチ。世間一般的には長身の3人家族。

一緒に暮らすには、そのアパートメントはあまりにも狭く、下の部分が机になっている、はしご式のベッドに、母と弟がまるで箱に入れられたヒール靴のように眠るのには、まもなく限界がくるように思えた。そこで、私ひとりが祖父母の住む一軒家に移り住むことになったのだ。

祖父母の家は小さな庭のある2階建てで、典型的な、それでいて珍しいような赤い屋根が乗っていた。そのおかげで私は、反対の丘からもこの家を見つけることができたのだが、最近になってその屋根は、周りの家と似たような黒に塗り替えられてしまった。それでも自分の家がどこにあるかくらいは分かる。問題なのは、見つけたときの嬉しさがなくなったことだ。

ベランダには、普通の細長い空間とは別に、なぜか三畳ほどのバルコニーのようなものがくっついている。丘の真ん中あたりにあるこの家の向かいには、また別の丘があって、丘の上に行くほど立派な豪邸やマンションが建っていた。この、7丁目と2丁目の住所が入り混じった一帯は、たくさんの家を巻き込んで迫《せ》り上《あ》がる丘に囲まれ、大きなすり鉢の中のように上へ上へと広がっていた。バルコニーから見上げる空は、アリがフラスコの底から外を見上げたときみたいに、広く遠い。

ベランダに干されてた洗濯物から、お気に入りのスカートを探す。寝ぼけた頭で、スカートを洗濯バサミから引きちぎるように取ると、下に引っ張った反動で、ほかの洗濯物が竿《さお》と一緒にビョンビョンと上下した。その音で昼寝から目覚めた祖父が「壊れちまうだろぉ。まったくぅ」と、後ろの寝間から唸《うな》った。

私は聞こえないふりをして、裸足《はだし》のままベランダを爪先立ちで渡っていき、自分の部屋に戻る。部屋は分厚い遮光カーテンがぶら下がっていて、私はめったにそれをあけない。1日中カーテンが閉まった2階の部屋は、近所から見ればまさに、「引きこもりの部屋」で、きっと周辺の人々には、「伊藤さんの家にはお年寄りふたりと、ときどき平日の昼間にフラフラしているニートの怪しい女がいる」と思われているに違いない。

まぁ、概《おおむ》ねそれは正解であるのでどうしようもないのだが。

ところで、この家では、私はいちばんちいさな登場人物ではない。

床に座って化粧をしていると、下の階から「よいしょ、よいしょ」という声とともに、ゆっくりとした足音が聞こえてきた。まもなく私の部屋のドアは勢いよく開け放たれ、そこから私の黒いレースのパンティが、私の顔めがけて勢いよく投げ込まれた。

伊藤家最小にして最強の生物、祖母である。

「えらいお嬢さまでございますねぇ。26にもなってジジに自分のパンツ洗わせてぇ。お父さん見てこれ、ほとんどヒモじゃない！　そんなの穿《は》いてたらね、オケケがはみ出ちゃうよ！　はぁーっは！　ねェ！　お父さん！」

祖母が、私に対して、一般的な「おばあちゃん」のように優しかったのは、私が引っ越してきてからほんの2、3ヶ月くらいまでのことで、それから今日までにいたっては、ごらんのとおり、このありさまである。

祖母には私を含めて6人の孫がいるのだが、私以外はみな男児なうえ、初孫にして最も近くで生活してきた私の扱いときたら、孫というよりはもはや娘に近いのだった。

母が22歳で私を産んだのだから無理もない。子どもが子どもを産んだようなものだ。

私がまだ小さくて、本牧の公営住宅に二世帯で住んでいた頃、母は近所のコンビニでアルバイトをしていた。私の面倒は祖母が見ていたし、料理が得意ではない母に代わって、料理を作るのはいつも祖母だった。朧《おぼろ》げな幼児期の記憶の中、私は、なにも出ない祖母のお乳を吸わされていた。まるで私が、祖母の萎《しぼ》んだ乳を嬉々《きき》として吸っていたかのように、祖母はその頃の話を今でも嬉しそうに話す。今思えば、あれは私の人生の中での最初の「忖度《そんたく》」だった。


飛んできたパンティを無言で拾って、引き出しに押し込む。祖母は部屋に入ってきて、いつものように「部屋が汚い、飯も食わないでなにをしてるんだ」と「放送」を始めた。私の返事は聞いていないので「放送」である。

祖母にとって私がほとんど娘であるのと同じで、私にとっても祖母は、ほとんど母親のようなものである。私がもし思春期真っ盛りで「うるせぇババア」と言うことがあったなら、それは実の母にではなく、祖母に向けたものになるだろう。こんなことを言ったら母はショックを受けるかもしれないが、母は私にとって「仲のいい姉」あるいは「わたし1号」という方が正しい。私と母は、思想が近くて、使う言葉や言い回しが同じで、ボソボソとした話し方やボケっとした顔までそっくりの分身。だから、母が祖母の分身ではないのが、私にはとても不思議な現象に思えた。カエルの子はカエルとよく言われるけれど、私と母はそうであっても、母と祖母はそうではないのだ。

祖母は今年で86歳になる。本名はタケなのに、なぜかみんなタチと呼んでいる。親類はサチと呼んでいる。意味がわからない。私が小学生の頃から「来年こそ生きていられるかわからん」と言い続けて、今も元気に生きている。

誕生日は上皇さまと同じ12月23日で、津軽《つがる》生まれの「じょっぱり」である。じょっぱりというのは、津軽方言で「強情っ張り」「頑固者」というような意味で、祖母はまさにじょっぱり。大じょっぱりである。

自分が「こう」と思えば「こう」で、人にごめんねと言っているところは見たことも聞いたこともない。肩が痛い、足が痛いと言いながら無茶な場所によじ登り、気に入らなければ祖父にも弟にも前蹴りをお見舞いする。外に出れば借りてきたハムスターのようにしおらしいのに、家の中ではピットブルである。

シニア特有の頑《かたく》なさもあるのかもしれないが、古い写真に写ったなんとも気の強そうな若き日の祖母を見て、あぁ、昔からそうなのか、と納得してしまった。万人受けする美人というわけではなさそうだけど、今私の部屋で放送中の祖母の顔は私より小さく、ちいさな鼻がツンと尖《とが》った気丈そうな雰囲気は写真からも伝わってきた。150センチほどの背丈に妖精のような顔、雪国の抜けるような白い肌となれば、若い頃に何人にも求婚されたという話は嘘《うそ》ではなさそうだった。今はダルマみたいにまん丸だけど。

話を少し戻すが、私と母の気質はどちらかというと祖父寄りだ。物静かで几帳面《きちょうめん》(これは私には遺伝しなかった)、オタク気質。北海道の恵庭《えにわ》で生まれた祖父は伊藤家に養子に出され、たくさんのきょうだいの末っ子「アキオちゃん」として大切に育てられた。

坊ちゃんらしい気の優しさとは裏腹に、山登りと写真が趣味で、昔は筋肉隆々で、アジの開きを骨ごとバリバリ食べたあと、ご飯の入っていた茶碗《ちゃわん》で牛乳を飲むようなワイルドな一面もあった。

怒ることはめったになく、出会った頃にはすでに3人の子持ちだった35歳のシングルマザーだった祖母と、23歳の若さで結婚した男前である。

顔もしっかり男前で、私は前に「ジジ、昔モテたでしょ」と冷やかしたことがあったが、小さい声で「山にしか興味なかったよ」と返されただけだった。変わり者だなぁと思った。

私の亜和という名前の漢字を考えたのは祖父で、画数が良いらしいこの名前を、私は結構気に入っている。祖父は唯一の孫娘である私を充分にかわいがった。今でも毎日、駅まで車で送り迎えするほど甘やかしている。私にとって、父は父性を与えてくれるような存在ではなかったから、代わりに祖父から吸い取って育ってきたのかもしれない。押し入れを漁ると、赤ちゃんの私が祖父にかじりついている写真が何枚も見つかった。やはり吸い取っている。

そのおかげか「変な人」には引っかかっても「変な男」には引っ掛からずにここまで来ることができた。変な人に引っ掛かるのは、私自身が変な人なのでどうしようもない。遠い記憶では、祖父はしょっちゅうベランダでタバコを吸っていた。バルコニーで三脚を立てて月を撮っている祖父に、どうしてタバコをやめたのかと聞いたら、肺の弱かった私のためにやめてくれたそうだった。

私は「そうなんだ」と言いながら、2本目のタバコに火をつけた。

よく喋《しゃべ》る祖母と、口下手な祖父。毎日朝からふたりで庭いじりをして朝ごはんを食べ、車で買い物に行った後は午後のロードショーを見ながら昼ごはんとお菓子を食べる。祖母がなにか言うと祖父が意地悪を言って、すかさず祖母が言い返す。「ボケジジイ」と言われれば「ボケババア」。「死んでるみたいな顔」と言われれば「アンタが先に逝け」と、1階のリビングから言い合う声を、私は2階の部屋で聞きながら、本当に仲が良いなと感心している。

あとどれくらい一緒に暮らせるのだろうと、夜中にふと考えれば寂しさが押し寄せて、隣の寝室で眠るふたりの呼吸を確かめに行くこともある。それでも朝になれば悪態をついて飯を作らせ、パンツを洗わせる。心配も愛情もうまく表せない。私は口下手のじょっぱりだ。

せめて、これまで過ごしたたくさんの時間を、ここに書いていこうと思う。

ジジ、タチ、いつもありがと。

日光とガソリンと女友達

「原っぱ行かん？」

山口がＬＩＮＥでそう送ってきたのは３ヶ月ほど前だったと思う。山口は数少ない私の友達で、私の家の近所に住んでいる女だ。背は１６８センチの私より５センチほど高く、長い黒髪で、いつも殺し屋みたいなピチピチ（私たちはビタビタと呼んでいる）のトップスを着ている。もともとは高校の同級生なのだけど、よく遊ぶようになったのは高校を出てからな気がする。家が近いので、よく仕事が終わったあと山の上の大きな公園で待ち合わせしてベンチに座って夜中まで同じ話題を繰り返すか、山口の家で映画を観《み》たりする。

山口のことは好きだ。山口は私に食べ物をくれる。おいしい。好きだ。わかってるぞ山口。どうせ草原の中で映え写真でも撮りたいんだろ。原っぱってどこにあるんだろう。戦場《せんじょう》ヶ《が》原《はら》って場所あったよね？　なんかめっちゃ原っぱっぽい名前。行こうぜ、日光。

日光ドライブ弾丸旅行は延期に延期を重ねた末、ついに当日を迎えた。ふたりとも免許を持っているので、免許取得1年を迎えた私の長距離デビューも兼ねた緊張感漂うドライブツアーとなる。土曜日だし早めに出発しなきゃねということで6時に集合。ちなみに前日の深夜に山口に「インド人を右に！」の画像（インターネットミームの一種）を送ったら「早く寝ろ」と言われた。お前もな。

山口が車で家の下まで迎えにきてくれた。車に乗り込もうとしてふと家のほうを見上げると、ばあちゃんが寝起きの干し柿みたいな顔でベランダからじっとこちらを見ていた。どうやら男と出かけるのかと疑っているようだ。心配ないぞばあちゃん。昔ウチで小汚いネズミを預かったでしょ。この女はあのネズミの飼い主です。だから安心してください。

後部座席にクリスピー・クリーム・ドーナツが置いてあった。山口、好きだ。

ｉＰｈｏｎｅのプレイリストを適当に流しながら高速を走る。

「着いたらなに食べる」

「えー、ラーメン」

「どっかおいしいとこあるかな」

「(ググる)……なさそう」

「前行ったとき思ったけど日光って食べ物ないんだよね」

「そんなことある？」

「あー、サービスエリアでなんのこだわりもない醤油《しょうゆ》ラーメン食いてえ」

「佐野《さの》サービスエリアで佐野ラーメン食おう」

「佐野ラーメンってなに。佐野ラーメンの定義ってなんだ」

「(ググる)……なんかラーメンに愛着があるらしい」

「佐野ラーメンの特徴、愛着なんか」

「あとあっさり」

早朝の激低テンションで車を転がし、私たちは無事佐野サービスエリアに到着した。

「あっさりしてておいしかった」

「私こってり背脂トッピングしちゃった」

「佐野ラーメンへの冒瀆《ぼうとく》じゃん」

高速道路は退屈だ。鬼門の首都高では何度か死を身近に感じたが、乗り切ってしまえば広くてまっすぐな道が続いているだけだった。日光に到着するまで私が心配することといえば自分の尿意についてだけだったといえる。ちょうど1年ほど前に気になってる男子の運転する車で漏らしかけて以来、私は尿意の奴隷である。

スピーカーからラフマニノフのピアノ協奏曲第2番が流れ始めた。いつのまにか私のiTunesライブラリが接続されていたのか、と思いきや接続されていたのはあいかわらず山口のライブラリだった。Adoの阿修羅《あしゅら》ちゃんとラフマニノフのピアノ協奏曲第2番がライブラリに共存している女がこの世に一体何人いるだろうか。似たような病状の女が1台の車に同乗してしまっている。

無事に帰れるだろうか。

宇都宮《うつのみや》を過ぎて道路は徐々に木々に囲まれていく。車内にはヘドウィグのテーマが流れていて「なんかイギリスの田舎っぽくなってきた!」とはしゃぐ私たち。ふたりともイギリスの田舎に行ったことはない。

高速を降りて奥日光まであともう少しというところで私たちはある異変に気づいた。なんか車が遅い……。軽自動車だったのでもともと馬力はあまりないとは感じていたのだが、アクセルを踏んでも全然前に進まない。助手席の山口が運転席を覗き込む。

「ガソリンがねぇぇぇぇ」

「え？　これガソリンないの？」

「最後のメモリが点滅してやがる」

「なんでだよ‼　ガソリン入れてこいよ！！！」

「出発した時は8割くらいあったんだよぉ」

「燃費悪過ぎだろ⁉　令和の自動車とは思えねえよ！！！！」

気づくにしても遅すぎた。ここはすでに山奥に片足を突っ込んだような田舎道。ガソリンスタンドは5分ほど前に高速の出口付近で見かけたような気がするが、狭い山道の向こうから絶え間なく対向車がやってきて転回のタイミングも得られない。

転回しろと言う山口と無理だと言いながら山を登り続ける私。今にも止まりそうな瀕死《ひんし》の車。険悪な空気。転回しろ。じゃあお前がやれ。追い詰められると人間は本性が出る。女の友情はハムより薄いらしい。山口は完全に偽善者を見る目で私を見ている。もうこいつとはおわりだ。そう思いかけたとき、左側に広々とした駐車場が現れた。奇跡だ。まさかみかん販売所の駐車場が我々の友情を繋《つな》ぎ止《と》めようとは。ありがとうみかん農家。その後、無事に転回した私たちは運転を交代。登ってきた山道をよろよろと下り、高速出口付近のガソリンスタンドでハイテンションで給油をし、再び山を登っていく。

中禅寺湖《ちゅうぜんじこ》の辺りから紅葉が目立ってきた。まだ10月だから、これからもっと鮮やかになっていくのだろう。しかし私たちは右脇にあった「サラマンダーの水族館」の語感に取《と》り憑《つ》かれてしまい、一瞬で紅葉への興味を失ったのだった。

ついに戦場ヶ原に到着。戦場ヶ原と書いてあるから戦場ヶ原なんだろう。思ったより木が生えている。周りの人はハイキングに適した服装で来ているようだ。そこに黒尽くめ長身の女がふたり。富士山《ふじさん》登山を舐《な》めている外国人くらい浮いている。絶対に森の悪魔を駆除しに来た公安のデビルハンターだと思われている。それはさておき、戦場ヶ原というくらいだから寝転べるだだっ広い原っぱがあるんだろう。森の中を進めばあるのだろうか。

私たちは、木の根ででこぼことした悪路を無心で進んだ。無心で進み続け、そして唐突に飽きた。原っぱないし、歩きにくいよ。私たちは来た道を戻ることにした。

駐車場のところまで戻ると、展望台と書いてある看板を見つけた。

原っぱあった。

「広い」

「広いね」

「サバンナみたい」

「入れないね」

「なんにもない」

「爆心地じゃん」

「雨降ってきた」

お土産屋で湯葉コロッケを買った。なんの変哲もないコロッケの真ん中に少しだけ入っている湯葉をモキュモキュと食べる。ビニールみたいだけどなんだかクセになる。イナゴの佃煮《つくだに》は買うか迷ってやめた。

中禅寺湖まで戻ってみると水辺でカップルが写真を撮っていた。女の子が離れたところにカメラを置いて、タイマーをセットしては男の子のところに走り寄り、ハグしたりキスをしたりしていて、それを見た26歳の私たちは大はしゃぎした。私たちもそれなりに恋愛をしてきたはずなのに、どうしてだろうか、あんなふうなシーンには恵まれなかった。背がデカいからだろうか。むしゃくしゃしてきたのでそのまま車を止めてスワンボートに乗り込み、カップルのボートにニヤニヤしながら近づいたり離れたりしてやった。私たちはスワンボートの操縦でも異様なセンスを発揮し、ハンドルを片手で転がしながら中禅寺湖を縦横無尽に漕《こ》ぎ回《まわ》った。なんとなく幸せになれない理由がわかった気がした。

日も傾きだしたので最後に華厳《けごん》の滝へ向かう。山口は途中のお土産屋さんで漬物を買い込んで鞄《かばん》に詰めていた。

宇都宮みんみんで買った冷凍餃子《ギョーザ》を車に積んで、眠気と戦いながら首都高を戻る。クリスピー・クリーム・ドーナツはカチカチになってもおいしかった。

今度は私の車で遠出しよう。LINEはそのうち返信します。

110万円の給湯器を買いそうになりました

私の朝は遅い。20代後半に差し掛かってもなおニート同然で祖父母の一軒家にへばりついている私にとって、11時50分までに起きていることが、自分を真っ当な人間に留《とど》めておくための小さなルールである。今日も私は11時50分に起きて、半分死んだような顔で一階の居間へのそのそと降りていく。

祖母は私のぶんむくれた寝起きの顔を見て「見てお父さん。この子小さい頃から変わらない顔してるわ」と祖父に話しかける。私はこのやりとりを365日毎日聞かされている。反応する気力もなく虚空を見つめる。

その日の朝はテーブルの上に見慣れない書類が置いてあった。そういえば風呂の給湯器がどうとか言ってたっけ。買い換えるらしい。

「110万もかかるんだから。辛抱しないと」

はっきりしない頭で私はおぼろげに思った。

たかが給湯器買い換えるだけで110万もかかるのか。大変だな。そんなんじゃ私が食い潰せる貯金が減っちまうじゃないか。ステーキ食いたいなぁ。

110万……？　うっそぉ……。

「ちょっとまて」

起きてからはじめて声を発したのでほとんど空気が漏れただけだった。

ちょっとまてよ。110万だと？　給湯器ってそんなに高いのか？　どこの家も給湯器にそんなに払ってるのか？　隣の山下さんもその隣の白石さんも、向かいに住んでる母子家庭の田川さんも？　みんな給湯器が壊れるたびに110万も払ってるのか？　ここはビバリーヒルズじゃないんだ。そんなわけない。冗談じゃないぞ。絶対に騙《だま》されてる。

契約書の明細をしげしげと見つめる。

本体　110万

値引き　50万

ハァ?
スマートリモコン　5万
ウヘェ?
取り付け・撤去費用　38万
オホォ……。
その他　7万
計　110万
怪しい。怪しすぎる。なんだこの恩着せがましい50万の値引きは?　スマートリモコン高すぎるだろ。なんで取り付けるだけで38万もかかる?　老人だけの家だと思って足元見やがって。この家にはなあ、知恵だけつけてクソの役にも立たない血に飢えた高学歴フリーターがいるんだよ。舐められたもんだぜ……。

こんなことをブツブツ言いながら、私は契約書を握りしめてパジャマのまま野を駆け上がり、山口の家に押しかけた。前にも話したが、山口は私の友達だ。いつも私に美味しいものをくれるので敵ではない。そして山口はアマチュアのクレーマーだ。

めっぽう気の弱い私は業者にいちゃもんをつけてもらうべく山口に応援を求めることにした。

「これはやべぇ」

「やべぇよな」

「うちの給湯器だって40万くらいだぞ。なんで110万もかかるんだよ」

「大学の金持ちの先輩に聞いたらその人の家も30万くらいだって。なんで世田谷《せたがや》の豪邸の給湯器が30万でうちのボロ屋敷の給湯器が110万なんだよ。むつみ荘にベンツが駐《と》まってるくらい違和感あるよ」

契約書に挟んであった名刺の番号に電話をかけ、スピーカーモードにする。

「もしもし。あっ、お世話になっております伊藤さん。どうしましたか？」

てっきり悪徳業者らしいドスの効いた声が聞こえてくると思い込み、顎をしゃくらせて身構えていた私たちは予想外の優しく穏やかな声に拍子抜けしてしまった。しかしそこに気を取り直したアマチュア山口が切り込む。

「おたくと契約した給湯器？　ちょっと高いな〜と思いまして〜」

「あっ、そうでしたか。でもこれちゃんと正規の値段なんですよ。こちらのカタログ見ていただければ分かると思うんですけど……」

　言われた通りネットでカタログを検索してみると、たしかに契約書に記載されたものと同じ給湯器が１１０万と書いてある。これを見た私は早くも諦めていた。なんだ詐欺じゃないじゃん。世間知らずでごめんなさい。なんてったって私、まだおじいちゃんにパンツ洗って畳んでもらってるんだもの。なにも知らなくって。うちの給湯器をよろしくお願いします……。

　しかしここでもアマチュア山口が切り込む。

「でもぉ、これって最新モデルのいちばん高いやつですよねぇ？　なんでわざわざ最新モデルにしなきゃいけないんですかぁ？」

「これはですねぇ。伊藤さんのお宅の給湯器の設置場所がですね、すごく狭くて、このモデルしか設置できないんですよ」

「これと同じモデル、楽〇で見たら40万くらいなんですけどぉ」

「それはまぁ、安いところなんていくらでもありますよぉ。それに関しては何も言えませんねぇ」

「それと取り付け費用38万って高すぎますよねぇ？」

「うちは一律38万でやってるので、それも安くしたりはできないんですよ……」

早い。早すぎて見えねぇ。助太刀したところで足手まといでしかないと分かるから動けねぇ……。私は黙って戦いの行く末を見守ることにした。


戦いを終えた山口の結論は、「詐欺ではないけど全然お得ではない」というものだった。ネットに疎い老人には知るよしもないことだが、他を探せば安く済ませてくれる業者はたくさんある。経費で落とせるわけでもないのに、ガチガチのプロパー価格で買う必要はない。死ぬな杏寿郎《きょうじゅろう》。

私は山口を連れて自宅に帰り、祖父母に同様の説明をしてもらった。他の業者に依頼したほうがいいこと。使っている給湯器が今すぐ壊れるわけではないということ。クーリングオフの期限が今日までであるということ。これを契約させた担当者も会社に従わざるを得ない悲しき鬼であるということ。煉獄《れんごく》さんは負けてないということ。

こうして我が家の給湯器交換計画は白紙に戻ることとなった。

代わりの業者はまだ見つかっていない。給湯器に詳しい人、いたら連絡ください。

山男とじょっぱり女、ときどき、あやしい孫②

雲に触れたい。

なんてつまらない夢なんだろう。私の場合、それは小学1年生の教科書に載っていた「くじらぐも」というお話を読んだときだったかもしれないし、ドラえもんの「雲かためガス」の登場回だったのかもしれない。とにかく、人は誰もいちどは、雲に触ったり乗ったりできないものかと考える。

小学校高学年あたりの頃、ジジと富士山に登ることになった。この頃はしょっちゅう一緒に山登りをしていたと思う。長野の天狗山《てんぐやま》から始まり、金時山《きんときやま》、日向山《ひなたやま》、男体《なんたい》山《さん》、女体山《にょたいさん》だったかもしれない。それと丹沢《たんざわ》のどっかの山と、なんとかって山と……たくさん登らされた。私が今もめったに風邪をひかない丈夫な人間であるのは、この頃に付いた基礎体力のおかげなのかもしれない。

小さいながらに登山の楽しさが分かっていたかというと、べつにそういうわけでもなく、毎度茂みに待ち構える巨大な蜘蛛《くも》の巣や、木にビッチリと張り付くキクラゲの気色悪さ（食べるのは大好き！）に泣き叫びながらなんとか登頂する有り様だった。

私はただ根っからのジジっ子で、ジジが私を置いて朝早くから夜遅くまで山登りに行ってしまうのが我慢ならなかったのだ。その挙句、富士山、ということになってしまった。

決行当日。富士山の5合目まで、車で登るらしい。なんだ、5合目からスタートできるなんて楽勝じゃん。5合目まで行ったらあと5合しかないじゃん。こんなにたくさん準備してきて損しちゃった。とたんに肩の力が抜けて調子に乗った私は、山頂付近で摂取する予定だった「食べる酸素」なるタブレットを車の中でボリボリ食べ始めた。「こらっ、食うな」ジジが言う。だって美味しいんだもん。グレープフルーツ味なのが悪い。

登山のメンバーは大体決まっていて、ジジの他にふたりか3人、ジジの友達のおじいちゃんたちがいる。顔も名前もいまいち区別がつかないので、私は心の中で「おじいちゃんズ」と呼んだ。

5合目までの車道はだだっ広くて、両脇にはタンポポかなにかがたくさん咲いていた。タヌキが死んでいるのも見た。

5合目には、よく整備された綺麗《きれい》な地面に、地上と変わらないような建物がポツポツと建っていて、想像していたような、山の中の鬱蒼《うっそう》とした雰囲気は微塵《みじん》も感じられなかった。


日本一高い山の、危険な道や断崖絶壁を思い描いていたところに、人間が怪我《けが》をしないように、安心安全に作り直されたショッピングモールのような場所が現れたので、私はまたまた肩の力が抜けてしまった。普段着みたいな格好の人もいて、重装備の自分が恥ずかしくなった。このままこの辺りのレストランで醤油ラーメンを食べて帰りたいな、と思っていると、さっきまで晴れていた空が、突然ドス黒い雲に覆われ、尋常でない雨と雷が降ってきた。そう、山の天気は変わりやすい。ここはやはり山なのだ。本来、人が気楽に来れるような場所ではない。薄暗いホテルの入り口に避難した私たちの前で、視界を奪われるほど眩しい雷が炸裂《さくれつ》する。近くのおばさんが小さい悲鳴をあげる。登山どころではない。この世の終わりだ。そう思っておじいちゃんズを見上げてみると、私の絶望に反して、おじいちゃんズは呑気《のんき》な顔をしていた。

ジジが言った。

「なぁに。すぐ晴れるさ」

しばらくすると、本当に雨は止《や》んだ。

止んじゃった。止んでしまったら登らなきゃならない。

5合だけ、5合だけ、走って登って、すぐ降りてこよう。そんなことを自分に言い聞かせながら、登山口に辿《たど》り着《つ》いた。

また霧雨が降ってきて辺りが霞《かす》む。いつの間にか綺麗なアスファルトの道路はもう跡形もなく、目の前には赤い土の、草もほとんど生えていない殺風景な坂道が広がっていた。

知らない人に「頑張ってねー」と声をかけられ、少し得意になって登り始めた。坂道は想像していたより緩やかで、はやく帰りたい私はおじいちゃんズを尻目に大股でどんどん進んだ。霧のせいで周りの景色も全く見えないし、本当になんにもない。一体なにが楽しいの……。

買ってもらったばかりの金剛杖《こんごうづえ》は、小さい体には長いし重いし、なんて邪魔なものを買ってしまったんだろうと後悔した。ちなみにこの後悔から1、2年後、私は懲りずに修学旅行で木刀を買っている。あのどデカくて高い木刀を買ったのは、学年の中では私と、嫌われ者の小笠原《おがさわら》くんだけだった。

今でも長い棒を見ると心が躍る。今「金剛棒」と検索したら、サジェストには真っ先に「邪魔」と出てきた。やはり邪魔。

遠くに見える小屋に向かって無心で歩いて、おそらく1時間足らずで6合目に到着した。思っていたよりもずっとはやく着いたので、これなら夕方には帰れるぞと嬉しくなった。夏休みの自由研究も兼ねていたのでテキトーに辺りの写真を撮った。空は少しずつ晴れて日が差し始めていたが、暑かった記憶は全くないので涼しかったのだと思う。ガストのおもちゃコーナーで、散々ねだって買ってもらえなかった声変わりヘリウムガスの代わりに、今のところ必要になりそうもない酸素ボンベをシューシュー吸ってみた。当然、声は高くならなかった。

7合目、8合目、と金剛杖に焼印をつけて貰いながら登っていく。山の斜面には、わずかながら草が生えていた。ゴロゴロした無機質な砂利の上をネズミが走っていくのを見て、生物はどこにでもいるのだと少し感動した。

なぜか、登っていくにつれて無性にバナナが食べたくなった。

8合目に着く頃には日が傾き始めていて、私ははやく進まなければ頂上に着かないとジジたちを急《せ》かしたが、ジジが言うに、次は9合目ではなく8・5合目で、私たちはそこで朝まで仮眠をとるらしい。私はなんだか勿体《もったい》ぶられたようで、腹が立った。8・5なんて考えた奴《やつ》、きっと性格が悪いに違いない。小笠原くんみたいな奴なんだろう。

辺りはどんどん暗くなって、やっと辿り着いた8・5合目には、登って来たたくさんの人、仮眠用の小屋、そして驚くべきことに、バナナが大量に積まれた「バナナ売り場」があった。電球で照らされた鮮やかなバナナの山に登山者が虫のように押し寄せていた。やっぱりみんなバナナが食べたかったのか。

「ジジ、バナナ買って」

「高いから駄目」

買ってもらえなかった。

山小屋の仮眠所には人がひしめいていた。シウマイ弁当の米のように詰め込まれた人たちが真っ暗な部屋の中でモゾモゾと蠢《うごめ》いている。疲れ切った人間の匂い。ボソボソと話す低い声。部屋の閉塞感と、小屋を飛び出して今すぐ家に帰ることもできない不自由さで、私の心はどす黒く浮遊していた。

はやく帰りたい。もう、最初からずっと、はやく帰りたいのだ。

ほとんど眠れないまま、ご来光の時間を目指して小屋を出た。頂上を目指す長い列が、上へ上へと続いていく。道も、今までの小さな石ころの集まりから、大きな岩の塊になって一歩ごとに体力を奪っていく。ジジは高山病を起こして真っ青な顔をしながら、私の「食べる酸素」をボリボリと食べ、酸素ボンベをシューシュー吸っていた。私のせいでいくらも残っていなくて、少しだけ申し訳なくなった。

人の背中を追いかけて、後ろから押されるようにひたすら登り、山頂に辿り着いたのがどの時点だったのか、はっきりとはわからなかった。ただ、昇っていく太陽を茫《ぼう》然《ぜん》と眺めたあの場所が山頂でなかったことは確かである。

周りの大人たちが「あぁ……」とお漏らしをしたような声を出していた。顔の青いジジが山頂のさらに後ろのほうを指さして「あそこが本当の頂上だよ。行くか？」と聞いてきたが、もはやうんざりしていた私は「はやく帰ろう」とだけ答えた。

「やり切った」と言い切れる一歩手前で力尽きてしまう性格はこの頃からのようだ。そのせいで「達成感」や「成功体験」なる言葉と縁が薄い。はっきりと形のあるなにかを摑《つか》めないのは宿命だろうか。

良くも悪くも、気づかないまま尊い時間は過ぎていく。もう少しなら行けばよかったのにと、大人になった私は思っているよ。これから起こることにも、私は何度もそう思うだろう。

やっと帰れる、もう二度とくるもんか。私はほとんど転がるように山を降りていった。あまりにも砂利を削りながら下っていくものだから、ジジは後ろから「お前のせいで富士山が低くなるだろ」と笑った。顔色は少し良くなっていた。

5合目から車に乗って、富士山の麓を目指して降りていく。窓から頂上のほうを見ると、真っ白い雲が山肌に添うように浮かんでいた。

私はきっと、雲に触れたのだ。

箱根とスイッチバックと女友達

山口が箱根《はこね》に行こうと言った。

山口は私の友達だ。今は、同じバイト先で働く同僚でもある。山口は去年まで、まっとうな会社に勤務する会社員だった。毎日のように「やめたい」と愚痴を言う山口に「やめちゃえよ」と言ったら、山口は本当に会社をやめた。責任はとくに感じていない。そういうわけで、私たちは一緒に働くことになったのだが、それから私たちの仲はどうもギクシャクしている。ギクシャクしているというより、私が一方的に苛《いら》立《だ》っている、と言うのが正しいかもしれない。山口はポンコツだった。いままで会社員をやっていたというのが、信じられないほどのポンコツだった。ほかの友達に「友達と一緒に働くと険悪になるからおすすめしない」と言われたことを思い出して、私はその通りだったと後悔していた。私は出勤のたびに山口に苛立ち、やがてあまり話さなくなった。そんなとき、以前書いた山口とのドライブ旅行についての文章が、出版社との打ち合わせの中で話題になった。「山口さんとの話、また書いてほしいです」と言われて、私は気乗りしないまま、ボーっと突っ立っている山口に仏頂面で歩み寄った。

私が不服そうに「出版社がお前を気に入っている」とだけ告げると、山口は縦にデカい体をクネクネと捩《よじ》りながら「え〜？　じゃあどっか行くぅ〜？」と言ってきた。私はまたムカついた。

横浜駅のホームで11時に集合と約束していたものの、私は東横線と東海道線を間違え、熱海《あたみ》行きの電車の到着と同時にホームに滑り込むことになった。山口にＬＩＮＥで「これに乗るぞ」と送り、私たちは電車の中で落ち合うことになった。東海道線には、いくつかの車両にちょっとした旅行気分が味わえるボックス席が設けられている。私には常日頃から、絶対にボックス席に座るというこだわりがあった。向かいにどれだけ太ったおじさんが座っても、向かいの変態にどれだけ脚を絡められても、向かいのいちゃつくカップルがどれだけ迷惑そうに私を睨《にら》んでも、私は絶対にボックス席に座り、絶対に動かなかった。この日も運よく空いていたボックス席に素早く腰かけ、山口に「9号車に来い」と連絡して車窓を眺めた。窓の外の空は暗い雲に覆われていて、ちょうど人を苛立たせるような、仕方なく傘を差さなければならない程度の雨が降っていた。前回山口と日光に行ったときも、たぶんこんなような天気だった。山口からは「戸塚《とつか》で止まったら外から走る」と返信が来ていた。戸塚駅で止まってドアが開き、私は山口が飛び込んでくるのを待ったが、山口が入ってくることはないままドアは閉まった。私は山口が車両移動に失敗してひとりホームに取り残された光景を思い浮かべ、ひとりニヤついた。しばらくすると「途中で運転士室があって間に合わなかった」「11～12号車ウロウロしちゃってヤバい奴だと思われてる」と報告が届いた。どうやらホームには取り残されていないらしい。私は「ざこ」とだけ送り、ふたたび景色を眺めた。

次の停車駅に到着して、またドアが開くと、私の向かいに座っていた乗客がホームに降りていった。ボックス席を独占できる状態がおとずれ、私は今度こそ飛び込んでくるであろう山口を待った。黒い殺し屋のようなコートを着た山口が9号車の前方のドアから飛び込んできたのを確認して、私は右手を振り上げる。しかしその刹那、私の優雅なボックス席に、派手に着飾ったマダム3人組が「ごめんなさいねぇ〜」と凄《すさ》まじい覇気を帯び詰めかけ、私はマダムの一員となってしまった。哀れ山口。おめぇの席ねぇから。山口は私を見つけるや状況を把握し、ニヤニヤしながら私の近くに立ち、「後ろから見守ってるね」とLINEしてきた。

マダムたちは「正月にお稲荷《いなり》を作らされるのが嫌だ」とか、そんな話で盛り上がり、意外にも次の駅でそそくさと降りていった。てっきり彼女たちもこれから箱根旅行だと思っていたが、行きではなく、お茶会かなにかの帰りだったらしい。またボックス席ががらんと空き、立っていた山口が私の隣に腰かけ「おはよう」と言った。

小田原《おだわら》駅で箱根登山鉄道に乗り換え、私たちは箱根湯本《はこねゆもと》駅に到着した。箱根に着いたとたん、山口は「ここからは私の庭だ」と言わんばかりにいきいきと説明を始めた。山口は箱根に家族旅行やデートなんかで何度も来ているらしく、私よりもずっと箱根になにがあるかを知っていた。私はというと、箱根には何度か来たことがあるものの、どこになにがあるのか、なにが楽しいのかについてはあまりわかっていない。とりあえず、いつかテレビでちらっと見た箱根登山鉄道に乗りたいと思って来てみたが、今乗ってきたのが箱根登山鉄道だとすると、べつにほかの電車と変わりゃしないじゃないか。もっと、クイズ番組に出てくるトロッコみたいなのを想像していたのに。そう思ったのがはっきりと顔に出ていたらしく、山口は私の顔を覗き込んで「あーちゃんが乗りたがってたやつはこれじゃないよ。安心して」と、まるで幼児をあやすように言った。なんだこれじゃないのか。私の機嫌も無事元に戻り、メインストリートの喫茶店でナポリタンを食べ、コーヒー屋に立ち寄り、山口が好きだというコーヒーソフトクリームを買った。私はコーヒーを飲むと具合が悪くなるが、コーヒーソフトクリームなら大丈夫だろう。ソフトクリームを食べながら「大丈夫？　食べれる？」と聞いてきた山口に、私は低い声でぶっきらぼうに「おいしい」と答えた。

どういうわけか、山口といるときの私は不機嫌な子どものようになってしまう。私は山口の隣に立つと、自分がなんだか、すごく小さくて、トゲトゲをたくさんつけた、見る人によってはキュートな虫のような、もしくは王子さまの星に咲いたわがままなバラのような存在になったような気になるのだ。そこにはたぶん、山口の背が私より高いとか、子どもの頃親にあまり構ってもらえなかったとか、心のどこかではこうして甘やかされることを望んでいるとか、いろいろな理由があるのだと思う。同じように甘やかしてくれる友人は他にもいるが、私が露骨にこうした態度を取るのは山口に対してだけである。バイト先の仲間にも「アワちゃんはどうしてそんなに山口に冷たいの」とつっこまれた。たぶん私は、山口を母親かなにかに見立てているのだと思う。私はなにを言ってもヘラヘラと受け流してくれる山口で、実の母に対してできなかった思春期行動を消化させているのだと思う。恥ずべきことだ。今更だが、この話にまぶしくて爽やかなシスターフッドは期待するべきではない。そんな私のことを、山口は本当のところはどう思っているのだろう。ある日突然「前から思ってたけど」と、山口が私への不満を切り出すようなことがあったら、私は「そんなつもりじゃなかった」と弁明することもできないだろう。わかっていてやっているのだ、私は。

駅に戻り、残りのソフトクリームをホームで口に詰め込んで登山鉄道に乗った。強《ごう》羅《ら》駅までの山道の途中で、列車は何度も「スイッチバック」を繰り返した。「登山鉄道と言えばスイッチバックだよ」と人が得意げに言うのを耳にして、私はスイッチバックはどんなに楽しいのだろうと期待に胸を膨らませていたが、実際は単に列車の進行方向が変わるだけの退屈なもので、車両が飛んだり跳ねたりするようなものではなかった。「こんなものをどうしてみんなありがたがっているんだ」とブツブツ言う私の横で、山口は「これくらいしか見どころがないんじゃない」と笑った。笑いながら、スイッチバックの様子とニコリともしない私の顔を動画に収めていた。スイッチバックという言葉の響きは気に入ったので「本のタイトル、スイッチバックにしようかな。バックがつくと売れる気がする。キックバックとかゲットバックとか、あ、ハンチバック」と言うと、山口は「いいじゃん、なんかそれっぽい」となにも考えていなさそうに返事をした。

強羅駅からケーブルカーに乗り換え、早雲山《そううんざん》からロープウェイに乗った。天気が良ければ絶景であるはずの視界はどんどん灰色になっていき、ふたりきりのゴンドラはやがて完全に四方を雲に囲まれた。

「なにも見えない。あの世?」

「怖い」

「地獄落ちた?」

「もう帰れないかも」

「え、臭い」

「うわくっさ!　硫黄《いおう》くっさ!」


強烈な硫黄の匂いとともに、ゴンドラは大涌谷《おおわくだに》へと到着した。我々に許された滞在時間は10分。ロープウェイの強気な料金設定にまごまごとしていたら、乗車が営業時間ギリギリになってしまった。ロープウェイの最終時間に間に合わなければ我々はこの地獄に取り残されることになり、下山するには車でやってきている観光客にセクシーダンスを踊りながらヒッチハイクの交渉をするしか手段がなくなってしまう。駆け足でお土産屋に突入し、目当ての大涌谷くろたまごを買った。焦るあまり「4個入りパックふたつください!」と叫んだ私に山口が「そんなにたまご食わねぇだろ!」とつっこんでくれなければ、私たちは帰りの電車で板東英二《ばんどうえいじ》になっていたに違いない。たまごを持って大急ぎで来た道を戻り、無事ロープウェイ乗り場に辿り着いた。さらに乗り継いできた電車をさかのぼって、ふたたび箱根湯本駅へ戻った。

最後に駅から少し離れた日帰り温泉へ向かった。建物は写真で見て抱いたイメージより古くこぢんまりとしていたが、他の温泉に比べて格段に安い。むしろそのレトロな雰囲気を私たちは気に入った。受付でタオルセットをレンタルして脱衣所に入る。


「タオルセットの大きいほうのタオルってさぁ、いつ使うんだろうね」

「あぁ、わかる」

「小さいタオルは浴場に持ってくじゃん？　でも、大きいほうは持ってってる人見たことないじゃん？」

「うん」

「だから浴場から出るとき。とりあえず小さいタオルで身体《からだ》拭いちゃうじゃん？　そしたらもう大きいほういらないいんだよね」

「なんかもったいなくてちょっと使ったりするけどね。いらないよね」

大涌谷ではしゃいだおかげか、私は山口と自然に会話できるようになっていた。明日になったら、またトゲのついた私に戻るのだろうけど。横並びで身体を洗いながら、私たちはお互いに、日々の仕事で育てた足の裏の分厚い角質を触りあった。やっとシスターフッドっぽいエピソードができて、私は満足した。

山男とじょっぱり女、ときどき、あやしい孫③

「うちはお金が無い」

それが祖母の口癖だった。私がなにかを欲しがったとき、なにかを習いたがったとき、祖母は決まってこれを言った。それでも、今私がこうして大学卒業して定職にもつかず、長いあいだ安くはない趣味を学生の頃から続けていられるのは、間違いなく祖母のおかげでもある。

お金がないと聞かされ続けたわりに、ごく普通に暮らしていくことでさえままならない状況にあるこの国のなかでも、我が家は特段困窮しているようにも見えない。その様子をみて、あぁ、本当にお金がないわけではないのだなと解ったのは、自らに税金や保険料が降りかかる大人になってからのことだった。

子どもが想像する「お金がない」イメージというのは、大人が想像するそれより深刻である。ちいさな私が絵本で見た「貧しい家」のシーンは、家族みんながツギハギの服を着て1つのパンをかじり、すきま風に凍えながら死んだ母の形見を泣く泣く売り、そして最後には雪に埋もれて生き絶える、といったものばかりだった。

祖母はお金がないと息を吐くように繰り返す。私たちも、もうすぐあの絵本のようになるのだ、と本気で思っていた。それは、堅実な経済感覚を身につけるための教育だったのだと思う。祖母は若い頃大変に苦労をして生きてきたから、私に、浪費して人にお金を借りるような人間にはなってほしくなかったのだ。

しかし、その言葉の反動なのか、それとも父の性格が遺伝してしまったのか、私は幼いうちからお金に対して見栄《みえ》っ張《ぱ》りな性格であることを自覚せざるを得なかった。とにかく「貧乏であることを知られてはならない」と考えるようになり、放課後に友だちと遊びに行けば、大して欲しくもない駄菓子を周りより多く買い込み、冬休み明けにお年玉の話になれば実際の金額よりも少し盛って発表していたと思う。

よく憶えているのは、中学生の頃友達数人と出かけたときのことだ。ショッピングモールの中にある、少し大人びだレストランで、お小遣いを持ち寄って食事をしたあの日。料理をひとつずつ頼んで、みんながお冷やだけで辛抱しているなか、ひもじい客だと思われたくなかった私はただひとり、ジンジャエールを注文した。乾杯の輪に混じる琥珀《こはく》色のジンジャエールを見ながら、私は「これで貧乏だとは思われまい」と安心していたのだった。

それから両親が離婚して、実際に家庭が困窮する反面、アルバイトである程度自由なお金が手に入った。肥大化するコンプレックスを歪《いびつ》に丸め込んで、私は成長していく。母がなんとか絞り出してくれた受験料で、1校のみの大学受験チャンスをもらい、運よく都内の私立大学に入学することができた。当然、学費は奨学金。卒業後の返済を考えて全額は借りず、足りない分はアルバイトで賄うことになった。精神的に大変な時期もあったが大学生活は本当に楽しく、知識も人付き合いも一気に広がった。

東京の私立大学であるうえ、もともと華族のために開かれた歴史もあるからなのか、大学には裕福な家庭で生まれた人間が多くいた。アルバイトをせず学校生活に専念できる彼らが羨ましくて、私はなるべく彼らに溶け込めるように努めた。サークルの後は決まって飲みに出て、近所の洒落《しゃれ》たカフェでお茶をし、彼らとの優雅でアンニュイな時間に飲み込まれてアルバイトをサボったりすることもあった。

苦学生だと思われるのが恥ずかしかった。払うべき金はモラトリアムの中に溶けていった。


いよいよ学費の支払いが間に合わなくなって、それを家族に悟られまいと必死になった私の目に、隣駅の大きな学生ローンの看板が映る。とりあえずあそこで借りよう。ひとりで行くのは怖くて、中学校の同級生と待ち合わせをしてついて来てもらうことにした。電車を降りて駅を出る。

大きな黄色い看板がついた古いビルを見上げて、足がすくんだ。本当にこれでいいのだろうか。でも、全部自分が悪いのだから仕方ない。もう、これしかないんだ。逡《しゅん》巡《じゅん》する私を見て、同級生は私を諭すように言った。

「やっぱりやめようよ。大丈夫だから、おばあちゃんに相談してみなよ。ね?」

無理だよ。だってうちにはお金がないんだから。泣きそうになりながら首を横に振り続けた。

それでも同級生は私を説得してくれて、最後は半ば無理やり私に電話をかけさせた。

電話に出た祖母はいつも通り、私が何時に帰ってくるのか、夕飯はいるのかと聞いた。私はビルを見上げながら震えた声で打ち明けた。

「学校のお金が払えなくて、今、借りようと思ったんだけど、できなくて」

話しながら涙が溢れてきた。きっと怒られる。祖母は、静かに「馬鹿だねぇ。今どこにいるの。帰っておいで。大丈夫だから。用意してやるから」と言った。情けなくて、申し訳なくて、絞り出すように「ありがとう」というのが精一杯だった。


祖母の助けで学費を払い、私は大学を卒業することができた。祖母は「出世払いだよ。必ず返してもらう」と言った。祖母は相変わらず金に厳しく、無駄遣いを咎《とが》められた私は恩を忘れてたびたび癇癪《かんしゃく》を起こした。言い訳をさせてほしい。私だってそれなりに反省はしていて、高価なものをポンポンと買ったりはしない。数年前にマックのポテトを買って食べていたら「金がないのにポテトなんか食うな」と言われ「私にはポテトを買う権利もないのか」と逆ギレし、ポテトを紙袋ごと壁に叩きつけてしまった。

ちゃんとあとから食べるつもりで紙袋に入れていたのに、ポテトは叩きつけられた衝撃で紙袋を突き破って無惨にも床に散らばった。私は食べ物を粗末にした自分への怒りと、抑えられない衝動の情けなさで、子どものように泣きながらポテトを拾い集めた。

私は「ごめんなさい、ごめんなさい。お金の話になると頭が真っ白になっちゃうの。自分でどうしたらいいのかわからない」と、祖母に助けを求めるように言った。私だって治したい。こんなふうに喧嘩なんてしたくないのだ。

「アンタが金がない金がないって言って育てたからこんな性格になったんだ」と言いたいのを必死に飲み込んだ。祖母のせいにしてはいけない。全部自分が悪いんだから。

部屋に戻って拾ったポテトを泣きながら食べた。おいしかった。

最近は少しずつお金を渡せるようになってきたが、祖母とはまだまだ揉《も》めている。なんせ伊藤家には正社員がひとりもいない。祖父母は年金暮らし、母はパート、弟は留年し続けている。現時点では私がいちばん高収入であるものの、全員を安心させられるほどの稼ぎには程遠い。

このあいだも整体に行くと言ったら案の定祖母に「無駄遣いだ」と言われて、肩こりと頭痛に目が回っていた私はもはや逆ギレする気力もなく「今頑張ってるところなのにぃ。同世代の正社員より稼いでいるのにぃ」とウジウジと泣いてしまった。どのくらいあれば祖母は安心してくれるのか、この家はこの先どうなってしまうのか、お風呂の給湯器はいつ壊れるのか。家の床の軋《きし》む部分を避けて歩きながら、不安ばかりがつきまとう。

唯一の救いがあるとすれば、それは最近になってやっと、人に「お金ないんだよね」と言えるようになったことである。もう見栄を張って苦しまないように、コツコツとリハビリをしてきた。同じくお金がない友達と「お金ないね～」と笑い合えるようになった。私にとっては大きな進歩だ。

ただ、先日SNSで「お金ない」と呟《つぶや》いたら多額の投げ銭が届いてしまい、金輪際、不特定多数に向けて言うのはやめようと誓った。むやみに甘えず、堅実に手を汚した先に、きっとある程度の自由と祖母の満足、そして好きなだけポテトが食べられる未来がある。そう信じて、仕事をしよう。

先日祖母が気に入っていたマグカップを割ってしまった。悲しそうにしているのがいたたまれなくて、Ａｍａｚｏｎで買ったムーミンのマグカップをこっそりテーブルに置いておいた。明け方にそれを見つけて、囁《ささや》くように「わぁ、かわいい」と独り言を言う祖母をこっそり見守りながら、私はこういうことに無駄遣いができるお金がほしいのだと思った。値段を聞かれて、１０００円くらいと言った。アラビア製なので、本当は３０００円した。

　お金ない。お金ないね、ばあちゃん。

「こんなんじゃ、心配でまだ死ねないじゃないか」とぼやく祖母に「結構なことですね」と返事をする。

「モデルさん」になんかならない

モデルを始めたのは大学生になってからだ。

お金を頂く仕事をしたのはしばらく後のことになるが、それ以前に、カメラの前で「被写体」になったのはいつだったか。たしか、長くお世話になった美容師さんのツテで作品撮りに参加したときだったと思う。そういえば、世の中の職業に「さん」をつけるものとそうでないものがあるのはなぜだろう。美容師さん、お医者さん、芸人さん、カメラマンさん、あれ、意外とほとんどつけるのか。パイロットさん……とは言わないな。モデルをやっているというと、必ずと言っていいほど「さん」がついて返ってくる。モデルさん。

バイト先のお客さんも、道端で声を掛けてくる男の人も、二言目には決まって「モデルさんでしょ」と聞いてくる。「モデルもやっている」と答えると「やっぱりモデルさんだ！」と返ってくるし「違います」と答えても「絶対モデルさんできるのに！」と返ってくる。お決まりのやり取りにはまるで、この世界の女子が全員モデルになりたがっている、と思われているような違和感を覚える。

子どもの頃から、周りの大人たちにはずっと「将来はモデルさんだね」と言われてきた。手足の長い私に対してのお決まりの誉《ほ》め言葉に過ぎなかったのだが、あまりにもモデルさんモデルさんと言われすぎで、モデルになることしか許されないのではないか、と幼い私は悩んでいたのであった。だから、モデルという仕事に対して最初に抱いた感情は「モデルになりたい」ではなく「モデルにならなければならない」だったように思う。とはいえ、どうしたらモデルになれるのかは分からない。新聞にあった「キッズモデル募集！」という広告欄を切り抜いて母に見せたこともあったが、母ははいはいと笑うだけで、応募してはくれなかった。どうして？　モデルになってほしいんじゃないの？　と私は戸惑ったが、母はときどき大仰な望みを口にして、そのための手助けらしきことは、ほとんどしてはくれない性格なのだ。大人になった今ならわかる。

中学高校とどんどん時が過ぎていったが、私にモデルになるチャンスは一向に訪れなかった。若くしてデビューしたテレビの芸能人たちは、原宿でスカウトされたとか、噂《うわさ》をきいて地元まで事務所の人が訪ねてきたとか、そんなことを話している。私を取り巻く環境にそんな気配は全然なかった。私は焦った。手足が長いこと以外でとくに褒められた記憶もないし、なんとかしてモデルにならないと、私は生まれてきた価値すらないのではと思ったかもしれない。

ひとり原宿に行って、竹下通りを何往復も歩いた。脚を強調した短いボトムスにヒールを履いて、胸を張って人ごみのなかを歩く。しばらく歩いているといくつかの芸能事務所から名刺をもらうことができた。少し浮かれながらひとつひとつの事務所の名前を検索してみると、どれもいちばん最初に知恵袋の質問が出てくる。

「〇〇という事務所に竹下通りでスカウトされました。信用しても大丈夫でしょうか？」

「その事務所は、誰彼構わずスカウトしていて、所属しようとするとレッスン費として大金を請求してきます。正直言ってスクールビジネスなので、信用しないほうが良いでしょう」

「モデルさん」になんかならない

なんだ。誰にでも渡しているのか。私だけが手に入れた幸運のチケットだと思っていたのに。名刺が一気にくすんで見えて、結局ラーメンを食べてトボトボと家に帰った。どの事務所にも連絡はしなかった。

あるとき、ＳＮＳで連絡をしてきたスカウトマンに「レースクイーンになりませんか」と誘われて待ち合わせをした。都内のタワーマンションだったと思うが、この頃の記憶はほとんどない。マンションについて連絡をすると、エントランスの奥にある壁に向かうように指示された。よくわからないまま壁の前に立っていると、目の前の壁が突然動いて、エレベーターホールが現れた。映画のセットのような仕掛けに驚きながら上層階に上がって、その中の一室に入ってみると、中には、私と同じくらいの年の女の子が何人か座っていた。3人か4人だったと思う。私もおそるおそる席に着くと、隣の部屋から三《み》つ揃《ぞろ》えのスーツを着た色黒の男が入ってきた。歳《とし》は30代くらいで、歯が異様に白くて、香水臭い。男はテーブルの上にあった紙を私たちに1枚ずつ配った。紙の上には、太字で「誓約書」と書いてあったことだけを憶えている。

「これからこの誓約書にサインしていただきます。誓約書を読んで、同意ができないと思った方は辞退していただいてもかまいません」

男はなるべく深刻にならないように、にこやかにそう伝えた。

少し間があって、ひとりの女の子が「すみません、私やっぱり」と言って席を立った。それに続いて、もうひとりかふたり、部屋を出て行った。男は慣れた様子で「はいーありがとうございましたー」と抑揚のない声で言った。彼女たちが辞退するようなことが書いてあったのかは記憶にないが、たぶん、水着になってもらうとか、撮影するとか、そういうことが書いてあったのだと思う。私には「根性が据わっているふり」をしてしまうクセがある。本当に悪いクセだ。この出来事のあとにも、このクセのせいで危険な目に遭った。それはあとで書くとして、このときの私も「根性が据わっているふり」をしてそこに留まってしまった。ハンコを忘れていなかったら、どうなっていたのだろう。たぶん、レースクイーンにはなれなかったと思う。

それからとくになにも起こらず、就職が決まらないまま東京の大学を卒業した。東京へ通う理由はもうなかったが、いちど味わった東京での自由な日々に引きずられるように恵比寿《えびす》のガールズバーでアルバイトを続けた。東京にさえいれば、きっと誰かが私の存在に気づいてくれる。そう思いながら毎日朝まで働いて、すっかり日が昇って人々が会社に向かう満員電車に乗ってフラフラと家に帰った。朝から泥酔している女が満員電車に乗っている迷惑さは想像に難くない。髪を振り乱しながら船を漕いでいる私を、スーツを着て隣に座っていた男の人は大きく舌打ちをしながら肘で強く押し返した。

ある日、新宿《しんじゅく》で落語家を名乗る男に声を掛けられた。

「芸能界に興味ある?」と聞かれて、思わず「あります」と返事をした。喫茶店に誘われて話を聞いた。気さくな様子で芸能界の事情を話す男を私はすっかり信用してしまった。いや、どこかで怪しいとはわかっていたかもしれない。事務所に写真を送りたいから撮影がしたいと言われて、ラブホテルに連れていかれた。まともな感覚であればここで逃げ出すのが当然なのに、ここでも私は「根性が据わっているふり」をしてしまった。本当はただ逃げる勇気がないだけなのに、私はこんなことで逃げ出す他の子とは違う、と思い込みたかったのかもしれない。

部屋に入って「体のラインをチェックしたいから服を脱いでほしい」と言われて、全部脱いだ。こんなこと、べつになんでもない。なんでもないと言い聞かせていたけれど、男の手が伸びてきて、あちこち触られて、耐えられなくなってその手を弾いた。そそくさと服を着て、帰りますと言ってホテルを出た。誰にも言えなかったし、言う

「モデルさん」
になんか
ならない

つもりもなかった。本当に嫌な目に遭うと、脳はその記憶をなるべく思い出せない場所にしまい込むようで、このことは本当に時々しか思い出せない。後日、新宿でこの男と偶然再会した。声を掛けられた私は、あろうことかヘラヘラとにこやかに挨拶をしてしまった。悔しい。今度会ったら絶対に張り倒してやる。忘れないために、ここに書き残しておく。

はじめてモデルの仕事をくれたのは、ガールズバーに来ていたお客さんだった。もともと出版社で雑誌の編集をしていたが、独立して新しいストリート系の雑誌を立ち上げるらしかった。

撮影場所の、入り口に大きな数字の付いた重い扉。大きなバックスクリーンと、カメラのフラッシュが焚《た》かれるピピッという音がせわしなく鳴っていた。隣のスタジオの扉の前では、バスローブを着たモデルらしき金髪の女性たちが不機嫌そうにタバコを吸っている。ようやく辿り着いた。モデルをさせてもらえるんだと、胸が高鳴った。

普段は全く縁のないようなハイブランドを全身に纏《まと》って、カメラの前に立った。一眼レフのレンズを向けられるのもほとんどはじめてで、緊張しながら見よう見まねでポーズを取る。カメラマンはテンションが高い人で、私を上手に褒めながら緊張しないようにシャッターを押してくれた。得意になって次々にポーズを取る。見ていた編集長が「なんだ！　動けるじゃん！」と言った。私、動けるんだ。モデル、やってもいいんだ。

しばらくして表参道《おもてさんどう》の小さな事務所に2年所属して、それから現在いる事務所に移籍した。事務所に所属したからといって、何もしなくても仕事を貰えるわけではない。なんどもオーディションに行って、ウォーキングをしたり、テストシュートをしたりする。数分、数秒で帰らされてしまうこともある。ディレクターの興味のなさそうな視線で不合格を察するたびに、往復でかかった交通費を数えながら途方に暮れる。とてもじゃないけど憧れられるような「モデルさん」ではないと思う。オーディションで会うあちこちから集められた妖精のように美しいモデルたちも、そんなふうに思ったりしているのだろうか。

「モデルさん」
になんか
ならない

人に羨望のまなざしのようなものを向けられれば縮こまって「私なんかモデルだと名乗れるほどじゃない」とか「はやくやめてしまいたい」とか言ってみたりする。私はモデルになりたくなかったし、何もしなくてもモデルに選ばれるような存在ではなかった。騙されたり縋《すが》りついたりして、ようやくここに立っている。

自分の場違いさに不安になることばかりだけど、カメラの前に立ったときにしか現れない自分は、確かにいた。あれは一体誰だろう。その自分が堪《たま》らなく愛おしくなることもあり、それと別れなければならない日は、そう遠くないと感じていて、寂しくなったりもするのだ。

役者になろう

　卒論を書き上げ、大学での最後の口頭試問を受けたとき、指導教授であったマレ先生は、ひとしきり卒論について批評をしたあと「就職はしないようですが、今後はなにをしていきますか？」と私に質問をした。私は「役者になります」と答えた。演劇部でもなかったのに一体なぜなのか、今となってはよくわからない。私のことだから、単純に観劇にハマっていたとか、好きな人が舞台役者だったとか、そういう薄っぺらな理由だと思う。それに、いよいよはぐれ者として生きていくからには、なにかしらにおいてなにかしらの結果を出し、なにかしらの形で世間に名を知らしめなければ、と考えていたのだと思う。その手段としてたまたま選んだのがメディア露出のチャンスがある「役者」というわけだった。すごく安易だ。マレ先生はニッコリと笑って「がんばってください」と言った。

まずは、どうしたら役者になれるのか調べなければ。演技なんてほとんどしたこともないし、とりあえず演技の学校を探したほうが良いんじゃないか？　いや、この歳でのんびり練習なんかしてる暇ないし、新人がオーディションから選ばれて鮮烈デビューみたいなのもよく聞くし、そういう作戦でいったほうがいいかもしれない。よし、それでいこう。鮮烈デビューできる映画を求めて、さっそく「映画　オーディション」と検索する。オーディション情報は探してみれば意外とたくさん見つかって、私はその中で「あの有名監督の作品でデビューするチャンス！」と謳《うた》っていたサイトを開いた。「あの有名監督」が誰なのかは書いていなかったが、サイトに載っていた監督の代表作は聞いたことのあるものだった。すぐに必要事項を入力して、オーディションに応募した。

しばらくして一次選考通過のメールが届いた。やった、これで合格すれば、本当に人生が変わる。当時の私は本気でそう思っていた。二次選考は都内の小さな雑居ビルだった。こんな場所で、本当に映画のオーディションなんてやっているのだろうか。

少し不安になりながら階段を上がっていく。着いた先の扉を開けると、目の前には壁の一面に大きな鏡が張られた広い空間があった。そこには数人の男女が所在なさそうに立ったり座ったりしていて、私を見るなり一斉に「おはようございます！」と気合の入った挨拶をぶつけてきた。どうしたらいいのかわからず戸惑っていると、上の階から下りてきた男性が私を見て「上ね。上」と言った。この人がメールでやり取りしていた斎藤《さいとう》って人なのか？「あっ、はい」と返事をして、その男性とさらに上へと階段を上がる。上の階は事務所のようになっていて、見たことのある映画のフライヤーが壁に飾られているなか、数人の社員と思《おぼ》しき人たちがパソコンで作業していた。部屋の奥に案内されて、仕切りのついた小さなスペースに、男性と向かい合わせに座った。

「はじめまして。斎藤です」

やはりこの人が斎藤か。斎藤はメールから想像していたよりずっと若く見えたが、実際は服装が若いということでもなく、躊躇わずに言えば「想像よりチャラそうだった」というのが印象の表現としては最も近い。色黒でツーブロック、白い歯。香水の匂いを全身から漂わせている。着ているジャケットもブランド物の総柄で、机の上にこれ見よがしに置かれたヴィトンのスマホケースが私の根暗な性格との相性の悪さを確信させた。詐欺師だ。直感的にそう思った。

「あなたには見込みがあるが、演技経験のない素人なのでレッスンを受けてもらう」

斎藤はだいたいこんなふうな内容を、大きく見開いた目を私から1秒たりとも離さないまま、うさんくさく口角を上げて言った。「東京ガールズコレクションにも出演できる話がある」とも言っていた。話の途中で頻繁に挟む「うん」という相槌《あいづち》は、私を納得させるための手法かなにかなのか。それとも、斎藤自身を納得させるための無意識の癖なのか。レッスン費用は35万円。どうするかは自分で決めて、と斎藤は言い添えた。

完全に怪しい。今考えても完全に怪しいし、当時の私も完全に怪しいと気がついていた。しかし、ここで私の悪い癖が出る。私には、失敗するとわかっていても勢いで押し通ろうとするようなところがあった。こぼすとわかっていても無理な位置から飲み物を注《つ》いだり、転ぶとわかっているのに高いロープを飛び越えようとしたり、いうなれば、誤った「漢気《おとこぎ》」のようなものがちいさい頃から備わっていた。男子にまじって成長していくなかで「なめられたくない」という気持ちが無意識に芽吹き、それが危険な方向に枝を伸ばしてしまったのだと思う。自覚したのはごく最近のことで、このときの私は、自分が危険を察知していながら回避できない理由が分からなかった。自分がなにを思って契約書に判を押しているのか分からなかった。断ったらがっかりされるとか、冷たくされるとか、ほかにどうしたらいいのか分からないとか、そんなうまい話があるわけがない、とか思いながら、本当であってほしいと願う気持ちもあったと思う。レッスン費は月々ローンで支払う手続きをして、私は半年ほど演技のレッスンを受けることになった。

後日、レッスンを受けるために再びそのビルへやってきた。先日間違えて入った下の階の広い部屋は稽古場で、私が来たときにはすでに数人のレッスン生が待機していた。私と同じくらいの歳の男女や30代くらいの男の人、それから親と思しき大人に付き添われた子どもたちも数人いる。みんな、おそらくは私と同じ立場の人々で、大金を支払ってここに来ていた。こんなことを私が言うのも変なことだが、彼らには、とても狭き門を潜《くぐ》り抜《ぬ》けてここにいるというような、いわゆる「光るもの」があってここに集められたというような印象はなかった。数人アイドルをやっていそうな美形もいたが、それほど飛びぬけた美男美女でもなく、佇《たたず》まいだけで魅せられる雰囲気のある人でもなく、バサバサの髪、ヨレヨレの服を着たような人もいた。ただみんな目だけはキラキラと輝いていて、そこには「これから自分はスターになるんだ」という、漠然とした希望のようなものが宿っていた。私は、早くも自分が間違った選択をしてしまったのだとぼんやりと絶望しながらも、それでも「この中でなら勝ち抜けるかもしれない」と、性格の悪いことも考えていた。

レッスンをしてくれる講師にはさまざまな人物がいた。映画監督や劇団の主宰者、中には本当に有名な役者もいて、そこに関しては本当に貴重な経験ができたと思う。しかし、やはり私たちはなんの経験もない素人である。演技経験のない人間が突然カメラを向けられたりエチュード（即興）をやらされても、そもそも「これから演技をするぞ」という切り替えすらまともにできないのだ。そうなってしまうと、素の状態の延長線上でブツブツと話すか、恥ずかしくなってモジモジと黙り込むか、という光景を見ることになる。

演技をするには、今、自分の身体がどう動いていて、自分の顔がどのように変化しているのかを完全に把握しなければならない。それをコントロールしたうえで、覚えたセリフを声に出して、シーンの雰囲気を作る。たくさんの視線を受けながら演技をするには「自分の演技のために人の時間を使う」という度胸がいるのだと、何度かレッスンを受けるうちにわかってきた。その度胸がなければ「早く終わらせてしまおう」という気持ちに押し流されて、セリフの行間が潰れてしまう。大半のレッスン生はそんなような様子で、講師に促されて前に出てはジタバタとよくわからないことをして照れ笑いをするだけだった。

ヤマダという、丸坊主で20代後半くらいのレッスン生は、エチュードでなにもできず、講師にこっぴどくダメ出しをされて号泣し、しばらくしてレッスンには来なくなった。自己紹介では「菅田将暉《すだまさき》みたいになりたい」とか「名脇役になりたい」とか大胆なことを言っていたのに。あれじゃあ、社会で生きていくのは大変だな、と、私は来なくなったヤマダのこれからを憂えた。じゃあ自分はどうなんだと言われると、もちろん、私も演技はへたくそだった。それでも、普段から周りのことを考えずにのんびりと話す性格のおかげなのか、なにも話さずゆっくりと歩いたり、それっぽい雰囲気でセリフを言ったり、エチュードで突拍子のないことを言って周りを巻き込むのはどうやら得意なようだった。何人かの講師にも気に入ってもらい、しばらくして提携している劇団の公演に出演させてもらえることになった。

劇団の雰囲気はビルでの生ぬるいレッスンとは全く違っていて、私は怒鳴られて涙をこらえながら稽古をした。朝早くから日が暮れるまで同じメンバーで同じ時間を過ごして、稽古が終わったら居酒屋で役者の先輩の演技論に耳を傾け、毎日ヘトヘトになって眠りについた。大変だったけど、充実感のようなものも確かにあって、本番でセリフを言うときの、まぶしすぎるライトと観客の視線を受けて汗で身体がじっとりと濡《ぬ》れる感覚が、まるで自分が何者かになったような気分にさせてくれた。私が出演した演目は昭和初期の設定で、時代に忠実にすれば私のような半分外国人の人間が日本名で出てくることはあり得なかった。それでも私に「キョウコ」という役を与えてくれたことが、とてつもなく嬉しかった。一緒に出演していた人たちの中には、今はもうどこでなにをしているかもわからない人もいる。いまごろどうしているだろうか。払ったお金ほどの価値があったかはまだ分からないし、あのビルで行われていたことは世間的に見れば残酷で、夢の搾取ともいえるかもしれない。ただ、私にとってあの時間は無駄ではなかったとはっきり言える。演目の最後のシーンで涙が勝手にボロボロ溢れ出てきて、その「自分ではない誰かになれたかもしれない喜び」は、今でも私の心のどこかを支えているのだ。

ローンの最後の支払いが終わったとき、もう役者にはなるまいと心に誓った。

T氏

大学を出て1年ほど経って、私は大森《おおもり》のガールズバーで働いていた。

水商売をしていると、やってくるお客さんには必ずと言っていいほど「昼はなにしてるの?」と質問をされる。私が働いていたバーでは、芸能活動をしている女の子が多かったので、みんな「俳優やってます」とか「脚本書いてます」とか「グラビアやってます」とか、おのおの答えていた記憶がある。

誰も「目指してます」なんて言い方はしていなかったと思う。基本的に、そういう仕事は名乗ってしまえばすでに「それ」なのだ。資格も評価も必要ない。私はなんて答えていたっけ。やっていた習い事の師範免許を取ろうとしていたり、モデルをやったり、言えそうなことはいくつかあったが、年に3回もあるかないかの仕事量で「モデルやってます」なんて胸を張ることは、私には到底できなかった。だから「寝てます」と答えていたと思う。そう答えるたびに、相手の目には心配したり、呆《あき》れたような色が浮かんだ。いや、私がそう思い込んでいただけかもしれない。

私は「まだ若いからいいけど」などと、自分でもよくわかっていることをわざわざ指摘されることが怖かった。だからって、新卒でもなくなって、今さら良い会社に勤められるとも思えない。「うちの会社においでよ」なんて、酔っぱらったおじさんたちは軽々しく言うけれど、やれるもんならやってみろよ、と言いたくなる。前方は真っ暗、後退もできない。毎日毎日狭いカウンターの中を行ったり来たり。空が白む頃に店を出て、ごみ袋を引きずるカラスを横目にへべれけになりながら公園でタバコを吸った。なんとか家に帰って、夕方に目覚め、シャワーを浴びてまた店に出る。酔いが回る愉快さを、焦燥感は難なく踏み越えていく。時計の針を指で押し進めるようにあっという間で、出口のないほら穴を這いつくばっているような日々。これからどうしていくべきなのか、どこに向かって歩いていくべきなのか。少し先の未来を想像するだけで恐ろしかった。

T氏と出会ったのはその頃だった。

T氏はある時から毎晩のように店に来るようになった。客足の途絶えた午前3時頃に、決まって近くのラウンジ嬢とそのママを連れてやってきた。T氏がやってくると暇をしている女の子全員が取り囲むように出迎える。T氏は私たちに「おう、飲めよ」と言って、灰皿が出てくるより先にピースに火をつけた。

歳は50歳くらい。身体は縦にも横にも大きくて、かなりの強面に眼鏡をかけていた。ドスのきいた低い声は店の中でよく通って、最初私たちはおっかなびっくり接客をしていたが、気前が良く気さくな客だとわかると、私たちも店長もT氏を優良な顧客として扱うようになった。私は勧められるままガブガブと酒を飲むので、とりわけT氏に気に入られた。私は主に梅酒をロックで飲んでいたのだが、T氏は私がウィスキーのロックを飲んでいると勘違いをしていたらしく、このあとT氏にはこの話を「こいつは酒の強いふりをしていた。騙された」としつこく掘り返された。騙すもなにも、勝手に勘違いしたのはそちらのほうである。

ある日、私はT氏に呼び出されて永田町《ながたちょう》の蕎麦《そば》屋にいた。個室に案内され、T氏と向かい合わせでコース料理を食べた。T氏が食べ始めるまで料理に手を付けない私を見て、T氏は「礼儀が身についてるな。たいしたもんだ」と目を細めて言った。なぜ私がこれほどお行儀よく振る舞っているかというと、この時点で、T氏がカタギであるという確信がなかったのだ。ヘマをすれば殺されるのではないかとおびえていて、とにかく相手の出方を窺《うかが》いながら慎重に食事をした。

前菜が終わり、蕎麦が出てくるまでの時間に、T氏は私に「あんたにやってほしいことがある」と切り出した。私は身構えた。運び屋か？　それとも風俗か？

私が低い声で「はい」と返すとT氏はニヤリと笑って「俺の会社で働かねぇか。手取り20万の固定給だ。どうだ」と言った。

固定給。なんて魅力的な言葉だろう。固定給があれば生活が安定する。しかも手取り20万は2年目の社会人としては良いほうではないか。なにより、会社に入ればまっとうな生活ができる。家族も安心させられる。でも、本当にちゃんとした会社なのか？　反社のフロント企業とかじゃないのか？　馬鹿みたいに短いタイトスカートで働かされて、組長の愛人にされたらどうしよう？　こいつ組長なのか？　固定給！どうしよう??

頭のなかは完全にパニックだったが、悟られないよう、できるだけ冷静に「なにをするんですか」と質問をした。T氏は「原稿の校正業務を任せたい」と答えた。

私が以前、大学で文系だった話を聞いて、ちょうど原稿のチェックができる人間を探していたT氏は、私を引き入れようと考えたらしい。なんでも、最近大物投資家と知り合ったT氏は、その人物が書く株に関する見解を有料マガジンとして配信するビジネスを思いつき、その原稿に書かれている細かなデータや文章の誤りをチェックするための社員として私を雇いたいということだった。会社といってもほかに社員はおらず、一日中ひとりきりのオフィスで気楽に作業してくれてかまわないとのことだ。出版社への就職をあきらめていた私にとって、文章に携わる仕事ができるというのは思ってもみない幸運だ。私はその場で「やります」と返事した。

秋葉原《あきはばら》駅から5分ほど歩いた先の古いビルの2階にオフィスはあった。あたりには小さな印刷所や工場が点在していて、駅の反対側の賑《にぎ》やかさとは打って変わって静かなエリアだった。毎朝自分で鍵をあけて、小さなオフィスに入る。小さなオフィスだが、ひとりで使うにはあまりにも広い。中心に革張りのソファーだけがある殺風景な空間の端に、校正業務に使うには立派すぎる最新型のデスクトップパソコンがポツリと用意されていた。端から見たら完全に反社の事務所だ。T氏は長らく水商売の経営をしていて、それで得た財産を使って新しいビジネスで一儲《ひともう》けしてやろうと考えているようだった。これからはITの時代だと得意げに言っていたけれど、T氏本人にITの知識は全くない。きっと勧められるがままハイスペックのパソコンを買ったのだろう。

T氏に「おはようございます。出勤しました」とLINEを送って、言いつけられた通りオフィスの掃除を始める。タイルカーペットの敷かれた床をコロコロできれいにしたあと、除菌シートで、デスクと窓のサッシを拭きあげる。そのあと、便器の中をブラシで磨いて、厚手のトイレクリーナーで便座を丁寧に磨いた。なるべく業務に取り掛かるのを先延ばしにしたくて、鼻歌を歌いながら必要以上に入念に清掃をした。掃除が終わったらソファーに腰かけて、途中にあるプロントで買った明太子《めんたいこ》と玉子がのったトーストを食べる。そうしていると、T氏からの着信が来る。

「おはよう……」

この時間にかかってくるT氏の声はだいたいダミ声だ。どうせまた今朝まで飲み歩いていたのだろう。

「二日酔いですね」

「もうやんなっちまうよ……」

　それから20分か30分、昨日飲み屋で誰となにをしていたか、T氏は面白おかしく私に聞かせて話す。T氏は話が面白い。口調を変え話し声を変え、私を笑わせにかかる。私の機嫌を取ろうという魂胆を察知して、私も笑うまいと気難しいそぶりをして相槌を打つのだが、結局最後は笑わせられてしまい、悔しい思いをした。独身で子どももいないT氏が、私に対して娘のような情を抱いているのはなんとなく感づいていた。私が実の父と不仲であるのもT氏は知っているし、そのうえで、教育して、愛《め》でて、そして独占したいという思惑が透けて見えていた、今思えば、それはただ純粋に父性だったのかもしれない。父性というのは、もとよりそういうものなのかもしれない。しかし、私には父性を適切に受け取る機能がない。だからT氏からにじみ出るその匂いに、ときどき癇癪を起こすように反発した。この人の前ではクスリともしたくない。感情を読み取られたくない。そんなふうに意地を張っていた。

「というわけで、今日の業務は機動戦士ガンダムの鑑賞だ。俺が許可する。全部見るまで帰るなよ」

「明日の朝、御徒町《おかちまち》のＴＯＨＯシネマズに来い。鬼滅の刃を見るぞ。俺が許可する」

ときどきこんなこともあった。面倒だったが、憧れていた『銀魂』の万事屋のような業務の緩《ぬる》さは少し楽しかった。

原稿の校正業務のほかに、私はＴ氏のなじみのスナックなどのホームページの作成業務を命じられた。コーディングの知識なんて全くないのに、分厚い専門書を何冊も買い与えられて必死に勉強をした。なかなか思うようにできずに手間取っていると、Ｔ氏から電話がかかってきて怒鳴られた。私が癇癪を起こして泣きながら電話を切ると、しばらくして唐揚げを持ったＴ氏がオフィスにやってくる。ふてくされてうつむいている私の前に買ってきた唐揚げをドンと置き「食え」といってソファーに座り、気まずそうにタバコを吸う。Ｔ氏は決まって、

「いいか、だせぇ能書きタレにはなるんじゃねぇぞ」

と言った。能書きタレもなにも、アンタの言ってることがめちゃくちゃなんだよ。私はイラつきながら唐揚げをモソモソと食べて、T氏に向かって蚊の鳴くような声で「くっさいからタバコ吸わないでください」と言った。T氏はこの上なく癪《しゃく》に障る表情で「いやでーす」と答えた。私はため息をついて、自分のカバンにしまっていたマルボロを取り出して火を着けた。ふたりの煙がオフィスの中を満たしていく。こんなの会社じゃない。でも、心のほんの1パーセントくらい、心地よさも感じていたかもしれない。

「俺は本当はロクでもねぇ人間だ。だから普段、本性隠して生きてる。わかってるけど、自分ではどうしようもできねぇんだな、これが」

T氏はたまに、切なそうにこう言っていた。T氏はときどき、飲みすぎると手が付けられないほど暴れることがあった。きっとそのことを言っていたのだろう。私が行動を共にしていた短い間にも、何人かの飲み仲間や仕事相手が彼の前から消えていた。本人は翌日自分が何をしたか、ほとんど憶えていない。そんなところも、私の父と重なるところがあった。そして結局、父から離れたときと同じような形で、私はT氏から離れることになった。

ある夜、泥酔したT氏から電話がかかってきて、訳の分からないことを喚かれた挙句に「お前はクビだ」と吐き捨てられた。もはやこれまでと思った私は音声を録音して「お世話になりました」とだけ言って電話を切り、翌日から出社せず、労働基準局とT氏の雇った弁護士を通し、T氏とは顔を合わせず3ヶ月分の給料を貰って退職した。その後、T氏がどうしているのかは知らない。恨んではいない。常に音声を録音しておけと私に教えたのは、皮肉にもT氏自身だった。

「大したもんだ」と、煙を吐きながら満足げに言う顔ばかりを思い出す。どうも、クソお世話になりました。

山男とじょっぱり女、ときどき、あやしい孫④

荷台には、大量の鳩《はと》サブレーがみっちりと詰め込まれている。

コロナが始まってからの約3年間、祖母は生まれ故郷に戻ることができなかった。私の友人のフォトグラファーは、コロナの真っただ中に青森《あおもり》を訪れて、宿の主人に「部屋は空いとらん」と追い返されてしまったらしい。そんなところに、例の豪華客船が来た横浜の人間がノコノコとやってきて、年寄りたちを訪ねまわるわけにもいかなかった。

コロナが終息するのが先か、それとも祖母の親戚たちが召されてしまうのが先か、私は勝手にやきもきしていたのだが、自宅隔離もなくなり、療養サポートサービスのLINEアカウントが消え、今やコロナは「普通にいる」ものとして受け入れられつつあった。

ギリギリまで「犬の世話が」とか「雪が危ない」とか言って足踏みをする祖母。エッセイのネタとして、なんとしても青森に行きたい私。そうしているうちに、長いあいだ世話をしていた親戚の犬が死んだ。「これは『行っておいで』ということなのだろう」誰も口に出さなかったけれど、みんなそう感じていたと思う。犬の埋葬をして、祖母は翌日から支度を始めた。

車に荷物を詰め込んで、まっすぐな東北道をひたすら北上する。栃木の日光のあたりからぽつぽつと雨が降ってきて、福島に入る頃には、正面から叩きつけられるような激しい雨が車のフロントガラスに向かって飛んでくるようになった。運転しながら聞こうと思っていたラジオの音も、雨の音のせいで何も聞こえなくなり、後部座席で退屈そうにしている祖母のために津軽の民謡を大音量で流した。

祖母は耳が遠い。それは歳をとったからというわけではなく、若い頃から難聴を患っているためだった。祖母はよく、幼い頃に米軍のダンプカーに轢《ひ》かれて大けがをしたときの話をするが、それが難聴と関係しているのかはわからない。

近場に出かけるときは、運転席に祖父、助手席に祖母が座って、私が後部座席でスマホをいじっている、というのがお決まりのポジションなのだが、長距離を運転しなければならない今日は、私と祖父が数時間ごとに運転席と助手席を交代した。私が運転しているあいだは、ジジも後ろに座ってタチ（おばあちゃん）とお話ししてあげなよ、と提案もしてみたが、照れ屋な祖父は案の定「いやだね」と言う。前後の距離に加えて雨の音もあり、最初は声を張って続けていた会話も疲れて徐々に減っていき、弘前《ひろさき》につく頃には車内の全員が沈黙していた。

沈みかけた日、寂れた町、ほとんど人もいない。運転の疲れも相まって、私はハンドルを握りながらわけもなく涙が出そうになった。なにもない。

都会と比べた不便さに涙が出そうになったわけではない。ただ、この町には切ない気持ちが似合うだろうと体が感知して、年寄りを連れたただの旅行が、まるでドラマティックな逃避行のように演出されたのだ。

もう戻れない……このままどこか遠くへ……と太宰治《だざいおさむ》のように思いつめた顔で田んぼに囲まれた道を進む。

いつのまにか私たちは、冷たい風が吹きつける津軽海峡……ではなく、東横イン弘前駅前に到着していたのだった。

チェックインを済ませてから少し休憩をして、それから晩御飯にありつくためホテルを出た。せっかくなので津軽らしいものが食べたい、というのが3人の総意だったのだが、駅前には数軒居酒屋があるだけで選択肢がそれほどない。スマホで調べてみると車で少し行ったところに津軽三味線の演奏が聴ける居酒屋があることがわかったので、私は運賃をしぶるふたりを「こういうときくらいいいじゃないか」と説得して、タクシーに乗り込んだ。

店に到着して祖母と私は生ビールを注文した。下戸の祖父はこんなときでもコーラ。目の前の小さなスペースには2棹《さお》の津軽三味線が準備してあった。ホッケやゲソ揚げを注文して演奏が始まるのを待つ。

隣の席では青森がいかに良いところかという話題の津軽弁が聞こえた。みんな地元の人のようで、自分が住んでいる土地について日ごろからこうして語っているのを見るところ、本当に故郷を愛しているのだなと、思う。横浜ではまず見ない光景だ。

ビールから日本酒に切り替えてうとうとし始めた頃、客席に座っていたおじさんがふいに立ち上がって三味線のほうに向かっていった。

おじさんがスペースに腰かけて三味線を弾き始める。おじさんは小気味良く2、3曲を弾いて、一番前に座っていた私に「意外と音が大きくてびっくりしたでしょ?」と得意げに言った。私は笑顔をつくってニコニコと「そうですねぇ」と返事をした。

私は、10年ほど前から津軽三味線を習っている。そのことは今日この場では口にしないでおこうと決めていた。伝統芸能の世界は複雑で、私が流派やなんやらをぺらぺらと喋って出しゃばったりしたら、師匠方に迷惑がかかるかもしれないからだ。大した腕もないのに、バレてステージにあげられでもしたら大変だ。私は、さながら超能力を隠す映画の主人公のように、何もわかりませんという顔につとめた。

最初のおじさんが弾いたあと、今度は台所で料理をしていた女将《おかみ》が出てきてじょんがら節を弾いてくれた。女将の語るような三味線は逸品で、目を閉じたまま完璧に繰り広げられる演奏に、私は素直に感動していた。女将から曲の合間に「どこから来たの?」と聞かれて「横浜です」などと返していたところ、恐れていた事態が起きてしまった。

「この子も弾くんですよ」

ババア。言いやがったな。私は精一杯の表情で祖母に「言うな」という視線を送ったがもう遅かった。顔を赤くして上機嫌の祖母は止まらない。長く習っているとか、団体で優勝しているとか、隠していたことをヘラヘラと発表してしまった。さっきまで得意げだったおじさんはちょっと恥ずかしそうにしている。それを見た私も恥ずかしくなってニヤニヤしながらうつむいた。

そこからは予想通り「しばらく練習してない」だの「酔っぱらっているから無理」だのの言い訳と抵抗も空《むな》しく、最後は祖母のキラキラした期待のまなざしに負けて三味線を持たされた。

おじさんと女将と私。打ち合わせなしでなんとか合わせて弾いてみると、ほかのお客さんから歓声があがった。曲に合わせて手拍子と掛け声が飛んできて、私も楽しくなって「まあいっか」となって、一緒になってホーイホイと掛け声をかけた。

壁にぶつかって、思いつめて、三味線が嫌になって、遠ざかっていたはずなのに、こうして弾くとやっぱり楽しい。

祖母の嬉しそうな顔が見える。10年前、決して安くない三味線を買ってくれたのは祖母だった。これで少しは恩返しになっただろうか。長い拍手の中、縮こまりながら席に戻った。


翌日。

この日は何軒か親戚の家を訪ねた。みんな80はとっくに超えていて、足が痛い腰が痛いと言っていたけれど、それでも畑をやったりして気丈に暮らしているようだった。お土産に渡した鳩サブレーが噛めるのかは怪しかった。キヌさんは「サチが来るといつも雨が降る」と言った。サチというのは祖母のことだが、祖母の名前はサチではない。なぜサチと呼ばれているかと言うと、祖母の名づけに賛成しなかった曽祖父が、祖母のことを勝手にサチと呼び始めたかららしい。だから、津軽では祖母は「サチ」なのだ。ここでは祖母の本名を誰も知らない。

祖母は、ここにきて「サチ、サチ」と言われているうちに、私のことを「マキ」と呼ぶようになった。マキは私の母の名前だ。きっと、サチと呼ばれているうちに昔の祖母、つまり、私が生まれる前の祖母に戻ってしまったのだろう。

最初は祖父と一緒になって笑いながら訂正していたが、そのうちどうにも戻らなくなって、私はマキとして過ごすことになった。津軽では私は「マキ」なのだ。
ここでは私の本名を誰も知らない。
また雨が降ってきて、祖母は「やっぱり私、雨女ね」と言った。

山男と
じょっぱり女、
ときどき、
あやしい孫④

宇宙の真理

メメは物をよく捨てる人だった。

私はひとりぼっちのオフィスで、デスクに座ってマッチングアプリを開いていた。条件を「大卒」「都内」「170センチ以上」と入力して、昨日と大して変わっていない顔ぶれのプロフィールを、同じ場所をグルグルと回るようにタップしていく。せっかくいろんな人がいるのだから、今まで好きになったことがないタイプの男性とも交流してみようか。海辺でのバーベキューの写真や、アップで撮られたラーメンの写真を載せているマッチョからのライクに気まぐれで応えてみたりする。メッセージが来て、趣味や休日の過ごし方など、当たり障りのないやり取り。ハーフですか？　という「見ればわかるだろ」という質問にうんざりしながらも、私は壊れたCDデッキのように答えた。退屈だ。私はマッチングアプリに登録しておきながら、マッチングアプリと縁のなさそうな誰かとの運命的な出会いを夢見ていた。しかし、今日もその時は訪れない。そんなときに現れたのがメメだった。

どちらが先にライクを送ったのかは憶えていない。憶えているのは、顔写真の次に載せられていた分厚い難しそうな本と、そこに並べられた、見たことのあるようにも、ないようにも思える肖像画の写真。明らかにマッチングアプリの需要にそぐわないプロフィールに、物好きな私は一瞬で心惹かれた。変な人だ、話してみたいと思い、迷わずライクのボタンを押した。

「はじめまして。夏目と言います。マッチできて嬉しいです」
「はじめまして。こちらこそ嬉しいです、よろしくお願いします。プロフィールの肖像画の人は誰ですか?」
「スピノザです。僕の大好きな哲学者です」

スピノザ？　なんとなく聞いたことはあるかも。夏目の参加しているコミュニティの欄を見てみると、肖像画と同じ人物のサムネイルがいくつも並んでいる。「スピノザ大好きな人集まれ！」「スピノザはお肌にいい！」「スピノザみたいな男性がタイプ」など、あまりにも異質なラインナップだった。それらのコミュニティの参加者は夏目しかおらず、夏目は「全部自分で作りました」と言った。完全にいかれてやがる。夏目は私より1つ年上の大学院生で、スピノザを布教するためにマッチングアプリを始めたらしかった。意味不明な動機に俄然《がぜん》興味が湧いた私は、夏目の「来週末、『AKIRA』のリバイバル上映を観に行きませんか」という誘いを、二つ返事で快諾した。夏目は私に「ハーフですか？」とは聞かなかった。

約束の日、日比谷《ひびや》駅に現れた夏目は、オシャレでもダサくもなく、淡いブルーのワイシャツと黒のスキニーパンツという「ごく普通」の格好をしていた。お互いにマスクをしていたから、私たちはレストランに入ってようやくお互いの顔を見た。夏目は、色白で、奥二重に少し明るい茶色の瞳をしていて、エラの張った男性的な輪郭には、それと対照的なキューピー人形のような小さくてかわいらしい鼻がくっついていた。

顔写真は見ていたから、それと違っていた部分はどこにもなかったが、写真で見るよりもずっとチャーミングだ。私が彼の顔をジッと見て「ほぼ神木隆之介《かみきりゅうのすけ》ですね」と言うと、夏目は「えっ、ほんとですか、神木きゅん好きなのでうれしいです。おほ」と、チャーミングな顔に似合わない、よく響く低い声で答えた。最初、私は彼の声に惚《ほ》れたのだと思う。表情豊かで、真《ま》っ直《す》ぐで、華のある声だった。この声があるうえに派手に着飾りでもしたら、それは蛇足だとすら感じた。素朴な服装とあっさりとした顔立ちをもって、この人の魅力はちょうど均衡が保たれている。そう思えるほど、私は彼の声が好きだった。「スピノザを広めるためにアプリをやっているということは、恋愛的な出会いは求めていないということですか?」と問うと、夏目は「そんなことないですよ。出会いもほしいです」と、先ほどの快活さとは打って変わって恥ずかしそうにモゴモゴと答えた。かわいい人だな、と思った。

それから間を空けずに次のデートをした。3回目のデートで、夏目は私を宮下パークの近くにあるオシャレなレストランに連れて行ってくれた。オシャレすぎて、石ころが山盛りに乗せられた皿の中に小さなコロッケが入っているのを見たときはふたりで涙が出るほど笑った。普段お酒は飲まないらしいのに、夏目は私に合わせてワインを飲んだ。顔を真っ赤にして上機嫌になった夏目は、私に告白してくるかと思いきや、その勢いのままスマホでパワーポイントを開き、それから私に1時間ほど「スピノザがどれほどすごいのか」「宇宙の真理とはなんであるのか」というプレゼンテーションを披露してきた。周りの店員や客の目に、私たちはどう映っていたのだろう。いつもより上ずった声で息をする間もなく話す夏目を見て、私は「この人だ」と確信した。

食事が終わると、夏目は「展望台に上りませんか」と言って、私をヒカリエのビルに誘った。なるほど、彼の計画に勘付いていない素振りをしながら、言われるがままついていく。ビルの中腹くらいにある展望台は、大して眺めが良いとは言えない、なんとも中途半端なロケーションだった。夏目は小さな声で「あれ?」「おかしいな……」と明らかに動揺していた。たぶん、彼はヒカリエではなく、隣のスクランブルスクエアの展望台に行くつもりだったのだろう。こんなはずじゃなかったと隣で狼狽《うろた》える夏目を落ち着かせるように、私は窓の外を見ながら「綺麗だね」と言って、彼が切り出すのを待った。しばらく静かな時間が続いた。

「あの」
「はい」
「あの、答えは今じゃなくていいんです、けど、僕は、付き合ってほしいなって、思ってます」

夏目はなぜか中腰になって、自分の膝をグルコサミンのCMのようにグルグルと撫でまわしながら言った。夏目は、テンパっているときこの仕草をするらしい。私はこれからこの仕草を何度も見ることになった。「スピノザと私、どっちが好き？」と聞いてみると、夏目は目を細めて「それは……キロとメートルを比べろと言うようなものです」とはにかんだ。

私はしばらく、彼のことを「夏目くん」と呼んでいたが、なんだか白々しいような気がして「メメ」と呼ぶことにした。メメの部屋は、壁一面が本棚になっていた。たくさんの哲学書はもちろん、漫画や映画に関する本、ミラン・クンデラの『存在の耐えられない軽さ』なんかもあった。隅に数冊だけ並んでいる小説を眺めながら「小説も読むの?」と聞くと「たまに読むよ。でもよくわからんのよね、文字で書いてる描写とか。ほら、雪がチラチラ~みたいなやつ」と言って、メメは手を雪が降るようにヒラヒラと振っておどけてみせた。私がメメが小説を読むことを意外だと感じたのは、まさに彼の答えた通りだった。こんなふうに、すべてを数字や理論で理解しようとしている人は、小説に書いてある愛だの恋だのを、一体どう受け止めているのか。私に対する自分自身の感情を、一体どう受け止めているのか。私はそれを知るのが、なんとなく怖かった。この人の中に、理屈抜きの愛なんて存在しないのではないだろうか。メメはよくものを捨てる人だった。テーブルもテレビも、優しい結末の漫画も、必要ないと感じればメメはすぐにごみ置き場へ捨てた。机にはときどき、ノートの切れ端に書いた手書きの数式のようなものが無造作に置いてあった。私もきっと、彼の中の何らかの理屈に当てはまっていて、それから外れてしまえばいとも簡単に捨てられてしまうのではないだろうか。そんな日が来ることに怯えながら、そんな彼のことが心の底から好きだった。机に座って顎を触りながら、低い声で悩まし気に唸るメメは、このうえなく色気があった。

私が部屋を訪れないあいだ、メメは何日も部屋にこもって本を読んだり、考え込むことがあった。2、3日連絡が取れなくなって、それから感情の洪水のようなLINEが長文で送られてくる。それは決まって、世界に対する不満や、私に対する憤りを、煮えたぎった鍋の中身をそのままぶちまけるような、あまりにも容赦のない内容だった。

「どうしてみんな世界について真剣に考えようとしないのか」
「なんて愚かな人間ばかりなのか」
「お前も甘ったれてのうのうと生きているに過ぎない」
「どうして誰も俺を理解してくれないのか」

メメはときどきこんなふうに壊れた。会っているときは誰よりも優しくて、私になんの不満も溢《こぼ》さないメメが、何日かの沈黙の末に文章越しに殴りかかってくる。私の知っているメメと、こんな冷たい言葉をぶつけてくるメメは、はたして同じ人物なのだろうか。泣き出しそうになりながら「甘ったれだよ。でも私は、君が楽しそうに考えているることを話してくれるのを聞くのが何よりも好きだよ」と送ると、しばらくして「みんなそう言って、金太郎飴《きんたろうあめ》みたいに同じことを言うんだ。うんざりだ」と返ってきた。それから「カントはパトロンの貴婦人たちに〝周囲に自慢できる賢いペット〟のように扱われていた」といった内容の記事のリンクが送られてきた。記事を一通り読んで「なに？　私がこのパトロンと同じだって言いたいわけ？」と返すと「そんなことはないけど」と、やや弱気な回答が返ってきた。私はその態度に苛立って、終電間際の深夜だというのに着の身着のまま横浜の自宅を飛び出し、東京のメメの自宅まで押し掛けた。

おずおずとドアを開けたメメの髪はボサボサで、無精ひげが生え、顔色が悪く、ひどくやつれていた。私の顔を見て気まずそうに「こんばんは」と笑ったあと、中腰になってモジモジと膝を撫でた。私が無言で部屋に入り、ソファーに腰かけると、メメもモジモジしながら後をついてきて、ソファーに座った。

「なにか言いたいことがあるんじゃないの」

「いや、なんか、ちょっと、俺、おかしくなっちゃって」

「お風呂入ってるの」

「入ってません」

「ご飯は」

「食べてないです」


しばらく沈黙が続く。部屋にはレッドブルの空き缶が散らばっていて、机には本が山積みになっている。さっきまで怒鳴りつけてやろうと思っていたのにだんだん切なくなって、私は隣に座っているメメの手を自分の膝の上に置いて両手で握った。

「俺の理解者は、本の中にしかいない。もう、とっくのとうに死んでしまった」

メメは泣きそうな声で話しはじめた。

「この世界のものは例外なく、時間とともに朽ちていく。亜和ちゃんも、他の人も、この部屋のものも全部。俺にはそれが耐えられない。なにかひとつ、ひとつだけでも、永遠に変わらないものが見つけられたとしたら、俺はやっと安心できる気がする」

私は俯《うつむ》きながらジッと話を聞いた。理解者がいないなんて言わないで。私がここにいるじゃない。そんな軽々しいことは言ってはいけないような気がして、ただ、彼の手をさすった。「亜和ちゃんも消えちゃうんだ。こんなに好きなのに消えちゃうんだ」と消え入りそうに言う声に私のほうが泣き出しそうだった。

「そんなこと言って、メメも死ぬんだよ」

と私がやっと口を開くと、メメは突然、いつものような自信のこもった声で

「俺は死なない」

と言った。私は急に可笑《おか》しくなって「死ぬよ。死んでくれ、今」と笑いながら言っ

た。そのあと、メメが新しく発見したという宇宙の真理について、明け方近くになるまでプレゼンを聞いた。メメが自分でソファーに置いた眼鏡を尻で踏んで壊してしまったので、ＬＩＮＥでなじられた分散々馬鹿にしたあと、明日一緒に買いに行こうと約束した。

それから半年くらいして、メメと私は別れることになった。理由はわからない。いつものように何日か連絡が取れなくなったあと、メメから「別れようか」と連絡があった。私はみっともなく縋るような返信をしたが、彼の冷えきった返信にはなんの迷いもなく、その時が来たのだと、私は無理やりに受け入れた。恨んではいない。１年にも満たなかったけれど、本当に楽しかった。君もそう思ってくれていたら嬉しい。

最後に、メメが修論執筆中に書いたふざけた謝辞をここに晒《さら》しておく。

（図23　マイハニー・亜和ちゃん）

「最後に、この論文を執筆するにあたり支えてくれたマイハニー、亜和ちゃんに感謝の意を表します。あなたのお尻は、宇宙の真理です」

山男とじょっぱり女、ときどき、あやしい孫⑤

広い畑が見渡す限り遠くまで続いていて、日は間もなく沈もうとしている。雨を降らせたり、引っ込ませたりしている大きな雨雲が、分厚い天蓋のように地上にのしかからんと迫っていた。

車でいくつかの無人駅を通り過ぎる。やはり誰もいない。

ミツオおじさんの家を訪ねたとき、家系図を見せてもらった。畑の相続のことでもめているらしく、わざわざ調べてもらったらしい。ミツオおじさんは7人きょうだいの末っ子で、きょうだいのいちばん上の長女にはヨシと名前があった。ヨシは私の曽祖母で、私が小学生の頃まで生きていた。月に何度か、曽祖母を訪ねて老人ホームに行っていたことを思い出す。私は曽祖母のことを「ばあちゃん」と呼んでいた。訛《なま》りがとてもキツい人で、私はほとんどばあちゃんの言っていることを理解できなかった。

それでもばあちゃんは私をかわいがって絶え間なく話しかけてくるものだから、私は笑顔でうん、うんと曖昧に返事をして、分からないなりにせめてもの孝行をしようと、一生懸命ばあちゃんの入れ歯を洗った。

祖母の強情な性格はばあちゃん譲りのものだと思う。介護士さんにやってもらえばいいものを、無理にベッドの手すりによじ登って棚の上のものを取ろうとして、案の定足を滑らせ骨折したこともあった。あのとき、祖母はばあちゃんを叱りつけていたけど、祖母がもっと歳を取ったら、きっと同じようなことをしでかすにちがいない。

家系図を見た私は、ヨシばあちゃんとミツオおじさんに挟まれたきょうだいたちの内、3人の享年が5歳にも満たないことを知り、その切なさで目を細めた。昔は病院なんてなくて、簡単に死んでたんだよ、とミツオおじさんは言う。もし、ばあちゃんが同じように早くに死んでいたとしたら、祖母は生まれず、そして私も生まれなかった。私が帰るときにはいつも「また来いよぉ」って言ってくれてたっけ。それだけは分かっていた。

あの日、火葬したばあちゃんの身体から、骨に交じってたくさんのボルトが出てきたのを見た。生き抜いてくれてありがとうと、今になって思う。
曽祖母は88で亡くなった。祖母は今年88になる。車いす生活だった曽祖母に比べたら、いまだに元気に階段を上り降りして家事をこなす祖母が、まもなく死んでしまうとはとても想像できない。この人はまだ死なないのだろうけど、いつかその時は必ずやってくる。私も、私の母も、祖母に甘えすぎている。私たちは、祖母がいなければ唐揚げも揚げられないし、だし巻き卵もろくに作れない。祖母から生活のアレコレを教わるどころか、祖母がどんなふうに生きてきたかさえ、ろくに知らない。祖母は青森に向かう途中、私に「私がどこで生きてきたか教えてやる」と言っていた。今回、私を一緒に連れてきたのはそのためなのだろう。祖母がどこで生まれ、何を思って生きてきたのか、口下手な母に代わって、それよりいくらかはマシな私が聞いておかなければならない。

車を運転しながら、助手席の祖母に「青森のどこで生まれたの」と聞いてみる。テレビで青森の映像が流れると、祖母はたいてい「ここにいた」「ここにもいた」と言っているので、実際出生の場所がどこなのか、私はいまいち分かっていなかった。

祖母は「わからない」と言った。続けて「本籍が、なかったから」と言った。

本籍がない。つまり、戸籍がなかった。生まれたときに出生届が出されていなかったらしい。どこかの山奥で生まれた祖母は、小学校にもろくに通わせてもらえないまま奉公に出された。横浜に来て結婚するまで、自分に戸籍がないことを知らなかった、と語った。役所の人が手続きをしてくれて、最終的に祖母の父が生まれた秋田に戸籍を作ってもらったそうだ。だから、彼女がどこで生まれたのか、今となっては誰も知らず、彼女自身も知らないという。

「たぶん、この辺りだと思うんだけどねぇ」

目の前の畑を眺めながら祖母が言った。自分はここで生まれたのだと、しっかりとその場所に旗を立てることができないというのは、いったいどんな気分なのだろう。

近頃、自分の遺骨を海に撒《ま》いたり、宇宙に向かって飛ばしたりしたい、という話をよく聞くけれど、私はその行為に全く憧れることができない。自分の墓もなく、水や風に乗ってだだっ広いどこかに葬られることを想像してみると、拠り所もなく、言いようのない不安に包まれる。祖母は生きながらにしてそうなのだろうか。祖母の存在が、突然ふわりと宙に浮いて漂っているように感じた。

祖母にとっては、この青森の大地そのものが故郷で、はっきりと示された「点」ではなく、布ににじんだインクのように、じんわりとぼやけた思い出が広がっているのかもしれない。本人がそれをどう感じているかは分からない。だけれど、今の祖母には私たち家族がいる。綿毛のように飛んでいた彼女が土に根を張って、私たちを作ったのだ。私は良い孫ではないかもしれないけど、今、ここまで生きて、言葉を交わして、祖母の隣にいる。それだけでも彼女のなかにあったかもしれない孤独を癒《いや》すことができていたのなら、生まれてきてよかった、と思えるような気がする。

3日目になって、日本海はようやく晴れた。浅虫《あさむし》のほうへ海沿いをずっと走って、野辺地《のへじ》のホテルへと向かった。つぶれてボロボロになった旅館の廃墟《はいきょ》があちこちに取り残されている。東京や横浜ではこういう光景はあまり見ない。都会では潰れたらすぐ更地になるか、すかさず居抜きが入るかのどちらかだ。代謝も改革もこの町にはなく、そのままの時の流れと、人の死によって、静かに淡々と動いていた。都会という不自然に、毎日身をさらして生きている私は、またこの光景を「寂しい」と書いてしまいそうになる。違う、これこそ自然なのだ。始まりも終わりも、決して突然ではなく、広い水面のどこかで浮き上がるあぶくのような、いつ生まれたのかも、弾けたのかも分からない。ただ、目の前のすべきことだけを全うする一生が、ここにはあるのかもしれない。

祖母の出生地に続いて、長い間気になっていたことを聞いてみた。私の伯父にあたる人物のことだ。

「伯父さんはさ、なんで死んじゃったの」

「高いところから落ちたんだよ」

「どうして落ちちゃったの」

「会社に勤めはじめて、飲んできた日に、会社の事務所で寝ようとしてたんだと思うよ。事務所のカギが見つからなくて、それで酔ってるもんだから、建物の壁についてるパイプをよじ登って窓から入ろうとしたんだろうな。それで、落っこちて死んじゃった。私が持たせた弁当箱しょったまま、死んでたよ」

「そっか」

面倒見がいい人で、まだ小さかった妹、つまり私の母を、初任給でディズニーランドに連れていくと約束していたらしい。それも果たせず死んでしまったから、私は当然、伯父さんをリビングに飾ってある写真の中でしか知らない。まだ元気なもう一人の伯父さんと顔がそっくりだ。このふたりの伯父さんと、その下の伯母さんの父親は北朝鮮の人だったらしく、私の祖父ではない。運命が変われば私の祖父にもなるかもしれなかった人物の顔は、この3人の顔を見ればなんとなく想像がつく。

もう一人の伯父さんは毎年大みそかに家に来ると、酔っぱらって母と私を膝の上にのせてかわいいかわいいと言う。母はもう50にもなるというのに、その時だけは妹の顔になっていた。事故で死んだ伯父さんももし生きていたら、かわいがりたがりの酒臭い伯父さんがふたりいることになっていたのだろう。私は、会ったことのない伯父さんに寂しいという気持ちは湧かないけれど、隣に座る祖母は少しうつむいて「今でも思い出すよ」と静かに言った。

私たちの車はそれほど広くない墓地に辿り着いた。ここにも他に人はいなくて、管理人の姿もなく、仏像や人形が保管された小屋の中には無造作に線香が放ってあった。小銭を供えて数本拝借し、祖母は私を「小山内《おさない》」と書かれた墓の前へ連れて行った。

「ばあちゃんー、来たよー。サチだよー」

祖母はそう言いながら嬉しそうに墓に水をかけ、まんじゅうを供えた。祖父と後ろでそれを見守りながら、私は祖父に「これは誰の墓なの」と尋ねた。

「これは、ヨシさんのお母さんの墓」

曽祖母のそのまた母、ということは祖母の祖母のお墓らしい。一瞬納得しかけたが、情報がうまく一致しない。

「ヨシばあちゃんの名字って斎藤じゃなかったっけ」

「そうだな」

「しかも、タチの旧姓って高橋じゃなかった？　どういうこと」

「……さぁ」

祖父は曖昧に答えてヘラヘラと笑う。もう、訳が分からない。私はそれ以上深く聞くことをやめた。にじんだインクの模様でできた形を、そのまま曖昧に眺めることにした。すべてを知る必要はないのかもしれない。小山内の墓の正面には、雲一つない青の中、堂々と津軽富士がそびえている。とにかく、私が今ここにいることが奇跡であると、思い知らされたようだった。「自分を大切に」なんて、気恥ずかしくて笑ってしまうけど、こうしてでたらめにも繋がってきた命はしっかりと受け止めなければならないと思う。

祖母は墓に手を合わせて「まだ、そっちは行かないからね」と呟いた。

車に戻って頭を触ると、髪のなかにはひんやりと冷たい津軽の風が留まっていた。

せば、帰ろっか。

バケモノ

「伊藤亜和」と検索欄に入力して、エンターキーを押す。

いちばん上にはＴｗｉｔｔｅｒのアカウント、その次にはＩｎｓｔａｇｒａｍのアカウント。画像の検索結果には過去にＳＮＳに載せた小っ恥ずかしい自撮り写真や、ラウンドガールをやっていた頃の写真が並んでいる。

下にスクロールしてみる。怪しい記事のようなものがある。「伊藤亜和は日本人であるのか?」というタイトルだった。右に偏った悪口がふんだんに書いてあることを期待し、サイトを開く。どこからか拾ってきたであろうアフリカの街と思しき写真に続いて、ＡＩが自動で書いたような支離滅裂な文章が張り付いている。大和民族、モンゴロイド人種、西アフリカ小人種、不明、不明……。伊藤亜和は日本人であるのか？　大した悪口も、あることもないことも書かれていない。記事は結論がないまま、いつのまにか話題は私から逸《そ》れていって、最後は投げやりに途切れていた。つまんない。

サジェストには「生年月日」「大学」「ハーフ」といくつかの候補が表示されていた。表示されているということは、誰かが実際に調べたということだろうか。「何者」と表示されている箇所を見ながら「こっちが聞きたいよ」と呟いた。

この世界には「肩書」というものがある。

人が何者であるかを知るには、差し出された名刺に書いてある、名前の少し上の部分に注目するのが手っ取り早い。私は肩書というものが好きだ。ちいさい頃から、できるだけかっこいい肩書が欲しいと考えていた。大学も名前がかっこいいところを選んで受験したし、就活では名前が知られている会社の試験ばかりを受けた。いつもひとりで行動しているせいで、周囲にはひとりが好きなのだと思われている。確かにひとりで思いついたままに行動するのも好きだが、それ以前に、集団の一員として認められることに人一倍の執着があったと思う。しっかりと社会的に認められたうえで自由に生きていきたいというのはワガママだろうか。

「令和」という時代は、「かっこいい肩書」の獲得を目指して奮闘してきた私を、遠くから冷めた視線で見つめていた。自由で個人主義的な、ダイバーシティの時代が来たのだ。その昔、誰かが「ハイパーメディアクリエイターです」と名乗り始めた頃には、誰もが「なんですかそれ（笑）」とせせら笑う風潮があったというのに、令和の今となってはどうだろう。

「ハイパーメディアクリエイターです」と名乗られても、へぇそうですか、程度のリアクションしか浮かばない。もはや令和はハイパーメディアクリエイターごときでは驚かないのだ。誰がどんな肩書を作ってもいい、自分が何者であるかなんて、理解してもらう必要ない。令和は微笑みながら近づいてきて、私にそう語りかけた。

「鶏口となるも牛後となるなかれ」。大きな組織の使い走りになるより、小さな組織の先鋭であれ。中学の担任はこのことわざを、クラス全員のアルバムの寄せ書きに書いて回っていた。あの担任はもれなく全員から嫌われていて、誰からも慕われてはいなくて、鶏口というよりはただの変わり者の孤独なおじさんに見えたが、彼はこんな時代がやってくることを予見していたのだろうか。私は気味の悪い笑顔で近づいてきた令和を、不審者に遭遇した幼稚園児のように静かに睨みつけてからクルリと背を向け、ひとりせっせと泥団子を磨く作業に戻った。

「周りと同じように生きなくてもいい」と言われたところで、私は最初からひとりぼっちだった。誰とも同じように生きられなかったのだ。散々のけものにしておいた挙句、今更わざわざ近づいてきたやつに「自由に生きていいんだよ」と諭されたって、一体、どんな顔して喜べというのか。鬼ごっこに飽きたからといって、人の砂場にヘラヘラと入ってくるな。私は肩書が欲しかった。なにか人とは違う、特別な宿命や並外れた才能のようなものが自分にあるとも思えない。そんなもの、あっては困る。そんなものあっても、行きつくのは一層の孤独だ。この世界の一員であると、誰もが認めてくれるような立派な肩書が、私は欲しかった。子どもの頃は視線に敏感で、前から歩いてくる大人たちと必ず目が合うことに気がついた。なにか悪いことをしているような気がして、私は下を向いて歩くようになった。高校を卒業すると、好きな髪形や服装ができるようになった。一律に揃《そろ》えられた制服は、周囲との違いをより一層浮き彫りにするので、この上なくストレスだった。制服から解放されると、自分を満足できるかたちに整えられて、心が落ち着き、自信がついた。東京に出て、視線を感じることも少なくなって、もう大丈夫、と思った。

しかし、大学での自由なモラトリアムが終わって就活が始まると私はまた無茶をしなければならなくなった。周りに合わせて、好みではない血色感のあるメイクをして、無理やり口角を上げてエントリーシート用の写真を撮った。外国人だと思われるのが嫌で、前髪は上げられなかった。肌の色に合うストッキングが見つからなくて、パンツスーツを選ぶ。異様に長い脚にパンツスーツが張り付いて、妙にこなれた、いかにも生意気そうな自分の見てくれが気になる。誰かの癪に障るかもしれない。背筋をまげて、申し訳なさそうに歩いた。就活生に大切な「フレッシュさ」など全くなくて、面接を受けても、周りと同じような快活さはどうしても出せなかった。印象に残りたくて「自分のルーツを活《い》かして、世界との架け橋になりたい」なんて言ってみる。そんなこと、考えたこともない。くだらないと思いながら、立派な会社の肩書は欲しかった。面接官の微笑みに合わせて作った笑顔がひきつる。膝に置いた手の大きさが恥ずかしくなって、指先を丸めた。いなくなったと思っていた視線が再びこちらをジロリと見る。色とりどりの魚の中を泳いでしまえば私は特段目立つ色の魚ではないはずなのに、赤い魚の集団に放り込まれてしまえば、まるでからす貝よりも真っ黒のスイミーだった。

白いシャツの襟に移った茶色いファンデーションを何度も、何度も、水で擦《こす》る。椅子と机だけの明るい部屋で、真正面から姿かたちを見られるのは、私にとってこの上なく苦痛だった。メイクや服でのらりくらりとかわしてきたのに、自分を守るために纏っていた膜をすべて剝ぎ取られて凍えるような気分で数ヶ月を過ごした。結局、興味のあった会社の選考はすべて2次選考までに落選して、私はカイジの鉄骨渡りでの石田《いしだ》のおっさんさながら叫び声もあげず、誰にも気がつかれないようにそっと就活をリタイアした。「絶対にどこにも受からない」と一緒に嘆いていた同級生たちは、難なくいくつかの内定を取り、そのうちひとつを選んで卒業していった。私はどこにも選ばれず、なんの肩書もないまま大学を出た。

好きなことも、したいこともよくわからない。ガールズバーで働きながら、ごまかすように酒を飲んで暇を潰した。ただ、社会の仲間に入れてほしい。社会人という言葉を毛嫌いしながらも、スーツを着て会社の愚痴を言う同世代の姿はまぶしくて堪らなかった。

高校に入ったばかりの頃、上級生の男子グループが私のほうを見ながら「バケモンだ」と言った。きっと、私の名前の一部をもじっただけで、深い意味はなかったのだろうけど、新しい環境で不安定になっていた心には深く突き刺さった。私はバケモノなんだ。バケモノは人とは共存できないんだ。そんなことをことあるごとに思い出して、なにか不幸なことが起こるたびに自分の頭を殴るように反芻《はんすう》した。こんなことになるのは私がバケモノだからだ。仕方ないんだ。そう繰り返していると、不思議と気持ちが和らいで、私のためだけに雨が降っているような気持ちよさを感じた。まさに悲劇のヒロインというやつだ。ヒロインと言っても、決してシンデレラのような美しいヒロインではなく、私のなかにいる私の姿は山奥にひっそりと暮らしているバケモノで、ときどき人恋しくなって里に降りては不気味がられて山に逃げ帰る、といったシーンをくりかえし演じ続けた。アニメや絵本で見た優しいバケモノは、たいてい可哀想《かわいそう》な目に遭って最後は死ぬ。私もそうなるのだと思っているあたり、自分は「純粋で優しい」存在だとでも思っているのだろうか。むしろ、可哀想な目に遭わなければ、純粋で優しい存在にはなり得ないとすら思っているようだった。むごい仕打ちを求めて見なくてもよいものを見て、臭い所をわざわざ嗅ぎまわり、腐ったものを口にしようとする。どこにもいない。誰も私に石なんか投げてこないし、捕食されることもないというのに。素敵だとほめてくれる人がいても「私になれると言われても絶対ならないくせに」と心の中で毒づいた。

私をひとりぼっちにしたのは、決して指をさして名前を呼べる誰かではなかった。

それは悪意のない視線で、ときに他とは違う我が家の様子で、友達の家にあった高級なお菓子でもあって、行政の書類、ケースワーカーの愛想笑い、プリクラの自動補正だった。そして、それはすべて、誰に指をさされたわけでもない、私が勝手に頭のなかで育てた自意識が仕立て上げた「ひとりぼっち」だった。わかってる。誰のせいでもないことくらい。私をバケモノだと思っているのは、きっと私だけ。私は、可哀想な存在になることで、何者かになろうとしていた。テレビに映ったタレントが、占い師に「スターの星」だと言われて「当然だ」というような顔をしている。占い師の元カレは、私に特別な星があるとは言ってくれなかった。

「羨ましい。私も何か欲しかった」

消え入るような声でひとりごとを言った。

欲しかったって。そんなものがあったら一層の孤独とか言っていたのは自分自身ではないか。ちいさい頃から自分の違いを嫌っていたくせに、一体どの口で特別になりたいだなんて言えるのだろう。でも、もしも私が今まで悪いことだと思っていた「違う」が「特別」に言い換えられるとしたら、必要なのは自分を「特別だ」と認める勇気だけなのかもしれない。そんなふうにも思った。

特別だと自覚するのは苦しい。自分の脚で立たなければならないし、特別だと気付かれればきっと捕食者もやってくる。特別とは、自分は特別だと覚悟する心のことなのかもしれない。私の姿、声、話し方も考えも、誰も欲しがらない石ころだと思っていたものが、世界中どこを探しても見つからない宝石なのだとしたら、私は途端にそれを美しいと感じられるのだろうか。きっとそう簡単にはいかないだろう。でも、綺麗な入れ物にいれて部屋の隅にでも置いて、ときどき近くで眺めるくらいのことはできるのかもしれない。

最近、私の文章を読んで「ホンモノ」だと言ってくれた人がいた。私が自信なさげに「ホンモノってなんですか」と聞くと、その人は「ホンモノって言うのはね、作家っていう肩書が欲しいっていう気持ちよりも先に、書きたいって気持ちが文章から溢れてる人のことだよ」と言った。

ずっと肩書が欲しいと思ってた、なんて言えず、私は「ホンモノですかね、私」と言って口をつぐんだ。

一切は過ぎていきます

アルミ製の、金色をした大きな鍋に、祖母は右手の出刃包丁で不均等に切ったりんごを次々と放り込んでいく。

私が生まれた時から家にあったその鍋は、2歳くらいの子どもならばすっぽりと収まってしまうように見えた。放り込まれたりんごが鍋の側面にぶつかる音が、ストーブで暖められた部屋にカン、カンと響いて、ときどき小さな置時計の振り子の動きと重なった。

「青森に行ったときに会ったおじさん、いたでしょ」

「ミツオさん」

「そう。目、見えなくなっちゃったって。可哀想にね」

 つい2ヶ月前に会いに行った時点で、おじさんはほとんど目が見えていなかった。緑内障を治療せずに放置していたらしい。おじさんの、孫らしき男の子の写真が飾られた古い家、新聞紙が床に敷き詰められた寒々しい洗面所、そして、百均で買ったというデタラメな度が入った老眼鏡が床に転がっていた光景を思い出す。おじさんはひとり暮らしだ。目が見えなくなってもあの家で暮らすのだろうか。不憫《ふびん》には思ったが、私はおじさんとは2度しかあったことがない。だから、そう聞いた私が抱いた感傷は、テレビで悲しいニュースを見聞きした程度に過ぎなかった。可哀想に。

おじさんと同い年で、同じく緑内障の祖母だが、毎日欠かさず処方された目薬を点《つ》けているおかげか、まだ生活に支障はないようだ。それよりも問題なのは、耳に合わない補聴器のせいで以前よりも億劫《おっくう》になった会話のほうだった。祖母が新しいりんごを手に取って皮を剝《む》きはじめる。こうして、ジャムにするためのりんごを延々と剝いているらしい。私は今起きてきたばかりなので、祖母が何時からこの作業を続けているのかは知らない。鍋の底には、すでに相当な量のりんごが溜《た》まっていた。

「ご飯は、食べるの」

「食べない」

「食べないでどうすんの」

「気持ち悪いからいらない」

「飲みすぎか？」

「ちがう」

祖母に聞こえるように、無理やり出した大声で手短に伝える。1週間ほど前から胃の調子が悪い。今朝起きてみるとだいぶ良くなってはいたけれど、食べたらまた気分が悪くなりそうで怖かった。何か変なものでも食べたか。心当たりはない。

「まったく。りんごでも食べてな」

祖母は持っていたひとかけらのりんごを、鍋に入れる代わりに私に差し出した。

「あんたも大人だからね、どこ行っても泊まってもいいけど、気をつけなさいよ。ちゃんと、責任持ちなさいよ。ユウなんて今大変なんだから。赤ちゃんできちゃって、お金なくて。あんたも、なにもないってことはないんだろうけど」

またできちゃった婚したいとこの話か。祖母は私が夜遅くに帰ってきたり、どこかに泊まって翌日に帰ってきたりすると、決まってこれを言う。なぜ今そんな話をするのか。もしや、つわりだと思われているのか。まさか。私は一瞬頭のなかでカレンダーを逆算した。

いいや、ないね。時系列的にありえないと自分を納得させ、不機嫌な顔を作り直す。心配しているのは理解できるが、私はあと数年で30歳になる。恋愛していても不自然ではない歳であるのに、ことあるごとにこうして、起きてもいないことを暗い顔で説教されるとうんざりしてしまう。そういえば高校生の頃にはじめて彼氏と泊まって帰ってきたときは、顔を見るなり泣かれたっけ。あのときは、祖母が泣いているのをはじめて見て、そんなに悪いことをしてしまったのかと少なからず反省した。だとしても、いい大人になった今ではわけが違う。いつも「思うところあり」といった顔で送り出されるせいで、祖母に恋愛をしていると察知されることには、私のなかではいまだ罪悪感が付きまとっているのだった。

「ユウが悪いんじゃん。勝手にできたみたいに言っちゃって。馬鹿みたい」

低い声で捨てるように言って、イライラしながら次々に目の前に置かれるりんごを食べ続ける。本当は「どうせ避妊もしてなかったんでしょ」とも言いたかったのだが、直接的な言葉は祖母にはショッキングだと思って口を閉じた。前に、祖母は電話口でセックスのことを「夫婦生活」と表現していた。私にも「間違いがある」とか、そういう表現を使う。生きてきた時代的に、はっきりと言うのは憚《はばか》られるのだろう。でも、セックスのことを間違いと表現するのはどうかと思う。べつに間違ってないですけど、と言いたくなってしまう。

りんごを食べ飽きたので、もういらないと言うと、祖母はまた、りんごの行く先を鍋に戻した。時刻は14時。起床後の挨拶は終わったので、私は自室に戻りたくなっていたが、食べるだけ食べてさっさといなくなるのも薄情な気がするので、しばらく座っていることにした。まだ説教したいことがあるなら今のうちにまとめて言っておいてほしい、という気持ちもあったが、祖母がなにも喋らなくなったので、とくに気になっていないことを聞いてみることにした。


「大みそかは、ユウたち来るの」

「わからん」

「ふうん。だれが来るの」

「わからん」


せっかく話題を提供したのに、会話は全く広がらなかった。なんだよ。

10年ほど前までは、我が家の大みそかは大層にぎやかなものだった。祖父母と私と母と、弟、母の妹夫婦、姉夫婦、兄夫婦、その子どもたち、そして祖母の弟夫婦。狭い一軒家に酔っぱらったおじさんおばさんと、テレビゲームでギャーギャーとケンカするいとこたちがひしめき合って、まるで檻《おり》のない動物園のような様子だった。毎年酔っぱらったおばさんが散々子どもたちにしつこく絡み散らし、「ゆく年くる年」が放送される頃にはおじさんと殴り合いの喧嘩をはじめ、最終的には土下座をしあって終息する、という流れで我が家の年越しを盛り上げてくれていた。

しかし、おじさんふたりが次々とガンで死んでしまったからか、子どもたちが大人になって集まりが悪くなったからなのか、伊藤家の大みそかの夜は徐々に静かになっていった。プロレスごっこをしようにも、軽々と持ち上げていた子どもたちはみんな大きくなってしまって、ヒロ兄ちゃんは寂しそうに座って焼酎を飲むしかなくなってしまったようだ。ヒロ兄ちゃんもずいぶん痩せてしまった。ほとんど骨と皮だけの身体を見ていると、ヒロ兄ちゃんも、おじさんたちのようにいなくなってしまうのではないかと不安になる。

私と疎遠になる前は、父もときどき、この集まりに顔を出していた。職場のスーパーから持ってきた、パーティー用の大きなお寿司《すし》のパックとローストチキンを抱えてやってきて、酔っ払いたちに促されておそるおそる家に上がり、長い脚で胡坐《あぐら》を組んで座っていた。パパはできるだけにこやかに親戚たちと接していたと思うが、たいてい1時間と持たずに退散していた。ムスリムにとっては、酒臭い人間にしつこく絡まれ続けるのは耐え難いのかもしれない。数年にいちどは、やはりあまりにしつこく絡んだおばさんを殴り倒していた。私も癪に障ることを言われておばさんを張り倒したことがあるので、父を責めることはできない。おばさんは、一族のほぼ全員に殴られた経験がある。間違いなく一族の問題児である。今年は、殴られる前から自ら派手に転んで顔に大けがしたらしい。物分かりが良い。

家族は時とともに少しずつ変わっていく。誰と誰が死んで、誰と誰がケンカしたとか、誰が結婚したとか、子どもを産んだとか、年末年始にはそういうことが答え合わせ的に家の様子として現れる。少しずつ静かになっていくこの家の中で、いまだに私だけが、祖父母と一緒になにも変わらないまま、置物のようにとどまっているような気がする。とどまり続けて最後のひとりになるのも怖いと思う反面、私ですらどこかに行ってしまったら、祖母はたちまち空気を抜かれたように弱ってしまうかもしれないとも思う。それも怖い。私はまだ成長していないし、成長しないようにしているところもあるのだと思う。りんごだって本当は自分で剝けるし、誰かと年越しを過ごすことだってできるのだ。呪いなのだろうか。私が祖母を「いつまでも生きていてほしい」と呪っているのかもしれない。いつまでも生きて、いつまでも私を育てていてほしい。

りんごをひとつ咥えたまま席を立つ。明日、また一つ年が過ぎる。

「いいひと」とは

アルバイトの帰り、駅から電車に乗って、向かい側の車窓を眺めていた。終電の30分ほど前を走るこの電車では、大概の人が疲れた顔をしてスマホを見ているか、酔って眠っているかのどちらかだ。私はひっきりなしに更新されるタイムラインにも飽きて、首の痛みを和らげようと天井を見上げたり、こうして遠くの建物の明かりを眺めて目を休めたりして最寄り駅への到着を待っていた。

目の前にサラリーマン風の男性が座っているのが目に入る。酔っているようで、上を向いて眠っていた。なんとなくその人のことを眺めていると、次の瞬間、「グルグル」とも「ゴゴゴゴ」ともいえるような水がせりあがってくるような音が聞こえ、男性の口から濁った液体がピュッと噴き出た。あ、ゲロだ。さほど驚きもせず、私は静かに事態を察知した。男性はゲロが噴き出すのとほとんど同時に目を覚ました。そのまますぐに吐き出すものと思っていたが、頬を膨らませて耐えている。駅を出発してわずか十数秒。次の駅まではまだ数分あり、とうてい人が吐瀉物《としゃぶつ》を口に含んで耐え忍べる長さではないように思われた。哀れ。この事態に気づいているのはおそらく私ひとりで、昨日まで入れておいたはずのビニール袋は、いくらカバンを探っても見つからない。目を見開いて小刻みに震える男性を見ていたたまれなくなった私は、やりきれないような、諦めのようなものを含んだ笑みを顔にうかべ静かに席を立ち、ドアを挟んで1列隣の席へ移動した。隣の車両まで移動すればいいのに、自分の視界から完全に外すことができないのはどうしてなのか、私自身疑問である。

少し離れた席から、覗くようにチラチラと男性の様子をうかがう。次の駅まであと半分というところまできて、男性はいまだ目をつぶり口元を押さえて静かに耐えていた。気を紛らわそうとスマホをいじってみても、ポストの内容はまるで頭に入ってこない。誰かが気づいてビニール袋を差し出してはくれないものか。私は一刻も早くこの緊迫感から逃れたくて、落ち着きなく周りを見渡した。自分と同じ列の3つほど隣の席に、お菓子の入ったビニール袋を持った若い男性がいるのが目に入る。数秒逡巡して、私はまた静かに席を立ち、その男性の前に立った。高圧的にならないようにできるだけ腰をかがめ、眉毛を下げて笑顔を作る。

「あの～」

「……」

イヤホンをしている。聞こえていないのか、男性はスマホゲームに徹したまま顔を上げない。

「あの、もし、もしよかったらなんですけど……」

男性は顔を上げないまま、露骨に不快を示すような表情になった。私はこの時点で、話しかける相手を誤ってしまったことを察知してその場を去ろうとしていたが、それに追い打ちをかけるように男性が私に向かって「しっしっ」という風に右手を払うように動かした。私はそれに答えなければならないような気がして、笑顔のまま「あぁ、だめですか」とひとこと言い残し、元居た席にストンと戻った。

しばらくして、電車は駅に到着した。車内に吐き散らすことなく、例のゲロの男性はそそくさとホームに出て行った。あの人がもし車内で限界を迎えていたとしたら、おそらくほかの乗客の何人かは、私がなにをしたかったのか理解してくれたかもしれない。私を手で払った感じの悪いあの男にも、露骨に「あーあ」という顔ができたのに、今となっては、ただ私が不可解な行動をとる謎の女と認識されただけである。「この外国人らしい派手な女は、あの根が暗そうな青年に、おそらくは美人局《つつもたせ》か寸借詐欺をはたらこうとして、惨めにも失敗した」というふうに思われているような気がして、私は身体がカーッと熱くなった。

こういったことは続けざまに起こる。その2日ほど後には、新宿駅のど真ん中でバッタリと倒れていた若者がいた。駅の中を行き交う人間はうんざりするほど多いのに、誰もその若者に近づこうとはしていなかった。若者の前にかがみこんで「大丈夫ですか」と声を掛けてみたものの全く反応はなく、手を握って脈を確認しているうちにゾロゾロと周囲に人が集まってきた。大勢で集まっていても仕方がないと思い「駅員さんを呼んできます」と言ってその場を離れ、近くにいた駅員さんに「人が倒れていますよ」と声を掛けると、わずかに苛立った声で「対応中です」と返された。少ししょんぼりしながら、さっきのほうを振り返ってみると、若者の周りにはもはや本人の姿が見えないほどの人だかりができていて、それから何人かの人たちが、意識のない若者を、まるで木の実を運ぶピクミンのようにうんせうんせと担いでどこかに向かって動き出していた。私は急病人をむやみに動かして良いのだろうかとか、一体どこへ向かおうとしているのかとかを考えながら、それを遠巻きに眺めたあと、人知れず静かにその場を去った。

これまでこうして何人も、人を助けようと試みてきた。ゲロまみれのおじさんを植え込みから抱え上げたこともあるし、見ず知らずの人の車椅子を家まで押して行ったこともある。ビニール袋も忘れない限りは持ち歩いているし、他にもティッシュやハンカチ、人工呼吸用のマウスピースなんかも常備している。こういうことを言うと、たいてい「いいひとですね」とか「優しいですね」と感心される。しかし、私はそんなつもりで率先して人助けをしているわけではない。では、なぜ人助けをするのかと問われれば、私は「不快だから」と答える。私の目に入る範囲で、解決されない問題が起きているのがとてつもなく不快だ。それは常にグルグルと働いている私の思考回路のなかに突然飛び込んできて、頭のなかを支配してしまう。なにが起こっているのか、これからどうなってしまうのか、その事態が完結するまで私は取り憑かれたように神経を集中させてしまう。

目の前に、いちど踏みつけられて死にかけている蟻《あり》が一匹いたとしよう。蟻は体のどこかが壊され、イカれたゼンマイのおもちゃのように走り回る。きっと、放っておいてもそのまま命は尽きるだろう。壊れた蟻の体は、私にはどうすることもできない。そんなとき、私ならばどうするのか想像してみる。私はたぶん、その蟻にとどめを刺すと思う。蟻が私の目の届かないところで、のたうち回りながらしばらくのあいだ動き続けるのを想像することが、私にとってはこのうえなく耐え難い。そういう人間なのだ、私は。決していいひとなんかではない。だから人に関しても、ひとまずは私の関われる範囲で解決しようと試みる。すべては、自分が快適に、自分の意識の中に閉じこもるため。

これを善と呼べば、何らかの倫理に反するに違いない。私はいいひとではなく、どこまでも自己中心的だ。

私は毎日、さまざまな所へ行き、さまざまな人を見る。人ごみではしゃぎ回る子どもたち、電車で大声で話す観光客、泣き止まない赤ん坊、段ボールの中で眠る路上生活者。私はそれに無関心なように振る舞ったり、見守ったり、心配に思ったりする。そのはずであるのに、それと同時に、まるで誰かが勝手に頭のなかで喋りはじめるように、ここには書けない、信じられないような酷《ひど》い言葉が湧き出てくる。見たものから連想して、ネットで見かけた罵詈雑言《ばりぞうごん》が自動で再生されているのか、汚言症のような「言ってはいけない」という強迫観念が生み出している症状なのか。バケモノが私の声を真似《まね》て話しているようで、気味が悪くて堪らない。それとも、これは私が心の奥底に隠している「本音」だとでもいうのだろうか。

「いいひと」とは

毎日大音量で流され続ける騒音。それを自覚し始めた最初の頃は、頭のなかでなにか荒《すさ》んだ言葉が鳴るたび「そんなことは決してない」とか「そんなひどいことを考えてはいけない」と必死で打ち消すように思い直していたが、最近はもうそれにも疲れてしまい、私の中で喚き続けるなにかを「言わせておけ」と放っておくようになった。だって、口に出さなければ何も聞かれちゃいないのだから。心に絶えず生えてくる醜い花を汗水たらして抜き取ったって、綺麗に整った庭を見ているだけの人々がそれを褒めてくれるだろうか。頭のなかで聞こえるこの醜悪な声は、私自身の声。そう思うと、手の先が少しずつ冷たくなってくる。

こんな人間が、実際に口に出さず、行動に出さないだけで「いいひと」なんて褒められて良いのだろうか。

いい人間とは、いい行いとは。考えるほど自分がそれらとはかけ離れているような気がして、いっそのこと、すべてめちゃくちゃにして誰からも嫌われてしまおうかと考える。ぐちゃぐちゃになった心の中に、ふと、通っている三味線教室の先生に言われたことが思い浮かんだ。

ある時先生は、私の演奏を一通り聞いてから「亜和ちゃんの音は、清濁併せのんだ感じがするよね」と言った。意味がよくわからず黙っていると、先生は続けて「うん。ただ清い感じとも違うんだよね。汚いこととか、いろんなこと、全部飲み込んだうえで『清くあろう』とするような、そういう音がする」と付け加えた。そう言われても、そのときはどういうことなのかさっぱり分からなかった。

清濁併せのむ。善悪区別なく受け入れ、その中からなにを選ぶか、自分で考える。私はずっと、そうやって生きてきたのかもしれなかった。私は何かに対して「正しい」とか「正しくない」とか結論づけるのが得意ではない。必要以上にあらゆる状況を想像してしまうと、この世のことはあまりにも区別しがたい。それでも、今この瞬間になにをすべきか、なにを言うべきか自分で決めてきた。私は決して、汚れのない真っ白な壁ではない。なんども泥をかぶり落書きをされ、ときには自分で汚してしまったこともあった。それでも幾度となく白を塗りなおして、美しく見られようと努力したことを、私自身、誇ってもいいのではないか。

倒れた若者の手を握ったあの日、その温かさが、いつまでも私の手に残っていたことを思い出す。それは、誰かを思いやっていたいと思う私の意思なのではないか。自分の優しさを粗末にしていたのは私自身だと思う。優しい自分を認めてみよう。いいひとは、いい行いから作られていくと信じて。

諸行の味

私はこれからどうなるのだろう。20歳を超えた頃からそんなことばかり考える。自分がヨボヨボになった姿がいまいち想像できない。だって、周りを見回してみても参考になりそうな老人がいない。戦後から活躍し始めた、いわゆる「ハーフタレント」は、テレビの中ではお坊ちゃんのおもちゃのように目まぐるしく入れ替わって、彼女たちがどのように生き、老いて死んでいくのか、誰も興味がないように思える。それでも長く活躍している人はたまにいるけれど、そのなかに私みたいな黒人とのハーフはほとんどいない。ハーフという存在が注目され始めた頃から、私のような生き物は確かにいただろうに、私たちはよほど運が良くないかぎり、誰にも羨ましがられないし、誰にも長く愛してもらえなかった。いつも隅に追いやられて、いないことにされ、遊びたいときだけ引き出しの奥から引っ張り出される。街では鮮やかな青いカラーコンタクトが「ハーフ系」なんて呼ばれて、私たちのためのストッキングもファンデーションもない。同じような黒人とのハーフがみんな仲間だなんて馬鹿馬鹿しくて思わないけれど、私たちはどう生きたらいいのかとか、私たちはどこへ向かっていくのだろうかとか、そういうことは聞いたり話したりしてみたいと時々思う。

私はいつも「ちいさくてかわいいおばあちゃんになりたい」と言う。近所にいるおばあちゃんたちのように、ちいさくて頬が赤くぽってりとしていて、腰の丸まったかわいらしいおばあちゃん。そう言いながら、自分がそうはなれないこともわかっていた。私は歳を取ってもやせ細ったまま、きっといじけた枯れ木のように干からびていくのだろう。白髪になったら、縮毛矯正もやめなくちゃいけないんだろうか。誰もなにも教えてくれない。世界が私が変化していくことを許さないみたいだ。私はずっとこの姿のまま存在するのだと、私は世界に思われていて、私自身もなんとなく、そう信じている。底の見えない池に石を放り込んで、沈んでいくようすをジッと見つめるけれど、石は暗い水の底の中で見えなくなって、底に着いたかどうかもわからない。必ずいつか終わる。ハリのある肌も、自由に動くこの身体も、必ずいつか衰える。

10歳にもならない歳の頃、私は悩みというものには終わりがないのだと悟った。この世の終わりのように思えた夏休みの宿題。それをなんとか乗り越えたとしても、また次の「きてほしくない」ものがやってきた。楽しみにしていたディズニーランドも、向かう途中から帰るときのことを考えては憂うつになっていた。大好きな食べ物の一口目から、全て食べてしまったあとの虚《むな》しさについて考えている。不安が私を見張っている。幸福を感じる機能が弱い。生まれながらにしてそれが備わっていなかったのか、そんな経験を繰り返すうちにそうなってしまったのか。

大学2年生の春、朝目が覚めると私は一切の現実感を失っていた。おそらくのんびりと過ごした春休みと、しなければならないことが山積みの新学期の速度差に心が耐えきれず、うつ病のような状態になってしまったのだと思う。ずっと夢を見ているような感覚で、見慣れた景色も馴染みのないものになり、なにをしても感動しなくなった。映画を観ても音楽を聴いても泣けなくなったことが悲しくて毎日泣いた。3、4ヶ月そんなふうに過ごして、私は徐々に回復していったと思う。今ではすっかり元通りの自分ですと、自分では思っているのだが、実際のところはそうではないのかもしれない。もしかしたら、本当の私はあの日の朝から永遠に失われてしまっていて、あの朝より前と同じような喜びや悲しみは、もう感知することができないのかもしれなかった。あの日を境にして、過去の私と今日までの私のあいだには、くすんだ大きなガラス窓が立てられたのだと想像する。「ただ幸せな瞬間を胸いっぱいに嚙みしめる瞬間」が、あちら側にはあったのかもしれないのに、曇ったガラスのこちら側からは、もはや憂うつの形しか読み取ることができない。不安ばかりと目が合って、その先にあるはずの幸福な瞬間や、やり遂げた達成感を見逃してばかりいる。それに、不安についてばかり考えるクセに、そのあとにやってくる「本体」に関しては、幸福がやってきたときのそれと同じように鈍感だった。小中学生の頃には「生理がきたら死のう」と考えていたことを思い出す。視聴覚室に集められて、自分の身体は変化していくのだと知り、私は毎日ひどくおびえながら過ごしていた。「誰にでもあること」とか「普通のこと」とかいう言葉は、当時の私にとってはなんの安心材料にもならなかった。どうしてあんなに怖かったのだろう。はじめから普通の人ではないのに、いきなり「みんな同じだよ」と言われても受け入れられなかったのかもしれない。今となっては、毎月来るものに大真面目に死にたがっていたなんて笑い話だ。私は比較的生理が軽かったし、意を決して打ち明けた日におばあちゃんが赤飯を炊いたことが少し恥ずかしかっただけで、私が私らしい人生の終わりだと思い詰めていた節目は、やって来てしまえば、べつにたいしたことではなかった。

きっと老いていくことも、実際老いてみればなんてことはないのだろう。今の私が生理がきたら死のうと思っていた私を笑うように、老いた私も老いに怯える今の私を笑うと思う。いつもそう。幸福も不幸も、過ぎてしまえば「こんなものか」と思っている。私の中では、お好み焼きの味はその匂いの期待を超えない。ソースの香ばしい匂いが鼻に入ってきて「こんな良い匂いのものはどれだけ美味しいのだろう」と胸を膨らませても、実際に頬張ってみると「まあまあうまい」くらいの感想しか出てこない。たしかにうまい。だけど、思っていたほどではないな、と思う。私にとって、この一連は自分の人生そのもののように思える。

1年ほど前まで、私はやりたいこともできることもわからずフラフラと生きていた。

なにかを始めては飽き、挑戦しては失敗し、なけなしの若さを切り崩してごまかすようにチヤホヤされては酒を飲み、アルバイトで稼いだお金で、要らないガラクタや服を買い集めてはまた飽きて、ふてくされたように眠っていた。その頃は「一夜にして何者かになれたらどんなに満たされるだろう」と、起きるはずもない奇跡のような妄想を繰り返していた。そしてある日、人の金で焼肉を食っているさなかに奇跡は唐突に降ってきた。私の人生はスマートフォンの中でボーナスタイムに突入し、たくさんのコメント、増えていくフォロワー、憧れのあの人からのフォロー、そして執筆の依頼が押し寄せた。夢見ていたことが一気に現実になった。

もしも奇跡がおきたとしたら、私はどんなふうにそれを嚙みしめるだろう。きっと人目もはばからず声を上げて泣いたり、その場でジッとしていられずに踊り狂ったりするのだろう。そう思っていたのだが、実際の私は、焼肉を食べる手を止めないまま「すごーい」と言っただけだった。そりゃそうだ。普段から大声で泣いたり愉快に踊ったりしないのだから、いきなりその時が来たってできるわけがない。賞を貰っても仕事が増えても、心境はあまり変わらなかった。あれほど欲しかった充実が、たちまち不安に姿を変えて私を取り囲んでいる。私はただ、いちどでいいから両手を広げて「よっしゃー!」と大声で叫んでみたいだけなのに、ここまで来てもまだできない。もう充分じゃないか。こんな私にこれほどのことが起きたのだから、私はもう満足するべきなのだ。ここで喜べなかったら、もうずっと無理だ。もしかして、私は自分が思っているよりもはるかに欲張りで、無意識に「この程度じゃ満足できない」とでも思っているのだろうか。だとすれば私の最終目標は一体何なのか。やっぱり世界征服だろうか。世界って、具体的にどうしたら「征服した」ってことになるのだろう。自分の目指すところがさっぱりわからない。きっと、ちいさい頃からコツコツと目標を立てなかったせいだ。

私の家にお小遣い制度はなく、欲しいときにおねだりをしてお金やおもちゃがもらえるシステムだった。お小遣い制の友達には羨ましがられていたけど、今となっては、お小遣いの中でコツコツやりくりしていた子たちのほうが順風満帆な人生を送っているように見える。お小遣い制でもお駄賃制でもなかった私は、目標を立てて努力することもなく、ダラダラと金を使い、金が尽きたら不思議な力のお恵みを待ってぼんやりと空を見上げるような大人になった。ソ連が崩壊するのも当然だ。いや、ソ連は関係ない。

とにかく、私が幸福を感じづらい理由は、少なからずここにある。「幸福な出来事」の理由を「自分が頑張ったから」という結論に繋げる方法がわからないのだ。私はなぜか、人に「がんばったね」と言われると過剰に否定しようとする。「たいしたことないです」とか「たまたまです」とか「周りのおかげです」とか、決まってそういうことを言う。たしかに、周りの人のおかげだし、たまたまかもしれない。でも、心の底からそう思う必要ってどこにあるんだろうか。人には卑屈にふるまっても、心のどこかで「私は頑張った」とか「私はすごいんだ」と得意になってもいいんじゃないだろうか。これからもっと成果が上がれば、そう思えるようになるのだろうか。私は怖い。幸せも不幸も努力も、その本当の手触りを知らないまま死んでいくのが怖い。こんなのってまるで、マスク越しのキスで、ゴム越しのセックスで、防護服越しのハグじゃないか。パッケージの上からぬいぐるみを触り続けてるみたい。そんなの嫌だ。いつかちゃんと触ってみたい。

これからどうなっていきたいかと問われてこれを書き始めたが、最後まで答えは見つからない。今の私がこれからの私に願える唯一のことは、よく噛んで味わって飲み込むこと。これさえできれば、それ以上はなにも望まない。アルバイト先のキャンペーンで成果をあげたとき、副店長は私に「どうしてこの結果が出せたと思う?」と聞いてきた。私はいつもの卑屈な返事をグッと抑えて、笑いながら「私が頑張ったから!」と言ってみた。

副店長はそれを聞いて、私が答えた何倍も大きな声で「その言葉が聞きたかった‼」と言ってくれた。私の鼓動は、すこしだけ速くなった。

観測する

別れて2年ほど経った頃、メメからメッセージが届いた。バイトが終わってスマホの通知を見た私は、靴を履きながら思わず画面に向かって「バカ野郎が」と独り言を言った。それからしばらく、その場にしゃがみこんで思いつく限りの罵詈雑言をブツブツと言っていたと思う。しかし、言っていることとは裏腹に、抗《あらが》いようもなく口元が緩んでいることも自覚していた。すぐに山口に連絡して真夜中の公園で待ち合わせた。スマホをスピーカーモードにして電話を掛けると、何回か応答を拒否され、それでもしつこく掛けなおすと、観念したメメが電波の向こうで「うぐぐ……」と呻いた。2年前に音信不通同然の形で姿を消した男。私の連絡先を消したクセに、Ｆａｃｅｂｏｏｋを伝ってヘラヘラと連絡をよこした元恋人。彼はきっと、これから私たちによる厳しい尋問でも始まることを覚悟して電話に出たのだろう。私もそのつもりだった。

メメはしばらく声にならないような声を出したあと、絞り出すように「お……久しぶり……です」と言った。2年ぶりに聞く声。スマホを挟んで腕を組んでベンチに座っていた私と山口は、その声を聞いた瞬間、いろいろと考えていたことすべてがどうでもよくなってしまった。そして、まるで目の前に突然愛らしいチワワが現れたかのようなはしゃぎっぷりで「メメ〜〜〜〜〜〜!!」と歓声をあげた。もちろん2年前に彼にされたことを、私は忘れたわけではない。あのとき、私が心の底から傷ついていたようすを山口も見ていた。それでも、私たちはまたメメの声を聞けたのが嬉しくて堪らなくて「メメ、巣穴から出てきたんだねぇ（メメが時々おかしくなって連絡が取れなくなる現象を〝巣穴に隠れる〟と表現していた）」とか「元気なの？　ご飯食べてるの？」とか言いながらしばらくのあいだからかった。「話したいことがたくさんあった」と言うメメに「どうして今まで連絡してこなかったの」と聞くと、メメは「だって怒られると思ったから」と、至極当たり前の見解を述べ、私たちは「そうだよね」とまた笑った。2年前の出来事なんて、今さら怒ったってどうしようもない。そんなことより、彼が私とまた話したいと考えてくれていたことが嬉しかった。その日は夜が明けるまで長電話をして、お互いにどう過ごしていたかをあれこれ話した。少しは反省してほしかったので「ねぇ、一回『ごめんね』って言って?」と要求すると、メメはバカでかい声で「ごめんぴょ」と言った。私にはもうほかに好きな人がいたし、メメも復縁を望んで連絡してきたわけではなかった。それから数ヶ月途切れ途切れに連絡を交わし、メメはまた私との連絡を絶って、私の観測外へと消えていった。

演劇のカーテンコールが好きだ。物語が終わったあと、演者たちが手を繋いで観客に挨拶をするあの光景。主人公も悪役も、殺し合っていた人たちも、カーテンコールではみんな笑顔で手を繋いでいる。私は、自分の人生の終わりがあんなふうになればいいなといつも思っている。喧嘩別れした人とも、ずっと苦手だった人とも、最後は音楽に合わせてニコニコ踊って大団円。まあ、私を嫌っている相手からするとたまったものではないかもしれないけれど。

私は、怒りや憎しみという感情を長く持ち続けることが不得意なようだった。そもそも、あまり怒ったり憎んだりする性分ではないし、もしそうなったとしても数秒後には「なんちゃって」とおどけてなかったことにしたくなってしまう。私はとても自分勝手だから、相手の都合で「私がその人と過ごすはずだった楽しい時間」を奪われるのが嫌なのだと思う。ある意味、相手の気持ちをないがしろにしているといってもいい。実際「ちゃんと向き合ってない」とか「甘やかしているだけ」と言われたこともある。実際は怒っているのに、自分の気持ちに見て見ぬふりをしているのかもしれない、と自分で自分が心配になったこともあったが、やはり翌日には逆に「なんであんなに怒っちゃったんだろう」と悩んでしまったりして、それよりも何事もなかったかのように関係を再開したほうが自分の精神衛生にも良さそうだった。大抵のことは笑って許したいのだ。大抵のことに信念がない。とにかく自由に、好きな時に好きな人と話ができれば私はなんでもいい。昔、年上の友人をひどく怒らせてしまったことがあった。もう私とは会ってくれないだろうなと思っていた数ヶ月後、彼のほうから飲みに行こうと連絡をくれた。彼は会うなり頭をテーブルにつけて平謝りする私を見て、タバコを吸いながら「頭上げろ。脳天灰皿にするぞ」と言って笑った。改めてお叱りを受ける覚悟をしていたのに、返ってきたのはいつも通り毒のある冗談で、私は心底ホッとして、私もこんなふうに人を許そうと思った。

あのとき、メメと私の世界は滅びてしまったけれど、これまで友情も恋愛も、たくさんの世界が滅びてしまったけれど、私はそれからも、星を望遠鏡で見つめるように勝手に観測を続けている。そして、人づてに聞いた話や、こんなふうに気まぐれで便りをくれるのを、彗星《すいせい》の飛来のごとく喜んで、その人が今もどこかで生きていることに安心していたい。父に対してもそうだ。私はとっくに父を許している。許しているというか、最初から憎んではいない。私は父親と自分の自由を天秤《てんびん》にかけて、自由のほうが大切だったから、父が私から離れるようにわざとめちゃくちゃなことを言った。もう10年経つ。最近父の夢をよく見る。夢の中で私たちは何度も仲直りして、何事もなかったかのように穏やかに話している。もう10年、父の顔を見ていない。きっと、私の記憶している顔より歳を取って、もともと細かった身体はさらに痩せているだろう。片言の日本語はあの頃のままだろうか。夜中に車のエンジンをかけて仕事に出かけていく父と、昼過ぎに仕事から帰ってきて、駐車場から家までフラフラと歩く父を、私は遠くのベランダからいつものように観測している。私が今ここから、ありったけの声で「パパ！」と叫んで手を振ったらどうなるだろう。パパは夜勤で疲れ果てた身体でこちらに走ってきて、そして私をぎゅっと抱きしめてくれるだろうか。父は自由な私を許してくれるだろうか。今日も私は黙ったまま、ベランダの柵に手をかけて身体を揺らしている。

人に「愛してる」と言ったことは何度もない。誰に何度言ったか、すこし考えれば正確に数えられる程度だと思う。あいしてる。独り言でもためらうくらい難しい。愛してると言ったのはどんな時だったか。散々悪態をついたあとや、他のことはなにも考えたくなかったとき、それから、相手の心が離れていくのを感じたとき。今まで私が絞り出した「愛してる」は「助けて」と言っているのと同じだったかもしれない。私が今まで人に「愛してる」と言ったときは、自分のすべきことを何もかも投げ出してその人に縋って生きようと企《たくら》んでいたような気がする。もう何年も昔のことだ。私は今、ありがたいことにたくさんの人に必要としてもらっている。なにもかも投げ出すなんてことをしている場合ではない。だからこそ、また人に「愛してる」と言うことが恐ろしい。私がここ数年、ジッと観測台の上に立ち続けているのはそういうことなのだと思う。観測台から降りて、愛してると口に出した途端、私は昔のように、自分の世界をすべて投げ出してしまうのではないか。相手の世界を壊してしまうのではないか。

私の文章は「客観的」だとよく言われる。起きた出来事を、私は自分含めて俯瞰《ふかん》で見ているような文章を書いているらしい。私の周りで何かが起きているとき、私は確かに観測台から降りていると思う。みんなと同じように言葉を話して、たまに取り乱したりもして、それからすべてが終わればまたひとり静かに観測台に上り、物語としてまとめる。観測台の梯子《はしご》を上るうちに、ポケットに入っていた怒りは憎しみはポロポロと地上に落ちてしまって、物語の上には楽しかった記憶やその人に向けた愛情や、切なさばかりが残っている。大好きだよ、長生きしてねと、そんなことだけを祈りながら書く。目の前にいるうちに言っておけばよかったことをついに口に出せないまま、どうか読まないでほしいとすら思いながら書いている。愛してるよ、みんな。せめて今私のそばにいてくれる人たちに、隣の寝室で寝ている祖父母にも、間に合わなくなる前に言いたいのに、私はまた、ひとりの部屋でこうしてキーボードを打つことしかできない。父は日本語を読むことができない。だから、こんなところに書いていたって意味はないのに。なんて臆病なのだろう。愛してると言えない代わりに、お尻が光ったりすればいいのに。

私以外来ないと思っていた観測台に、最近不思議な人がやってきた。その人は今のところ怒ったり泣いたりもせず、少なくとも私が側にいるときは風にそよぐ草のようにニコニコと機嫌が良さそうに笑っている。たまに人が大会で優勝して泣いている動画を見たりして「人の感情を観測した」と言って嬉しそうな顔をする。飼い猫にコーヒーを溢されたときはさすがに「許すまじ」とひとこと言っていたけど、それ以上の揺らぎはない。変な人だなと思った。私はどうにかこの人の感情を観測したくて、面白い話をしてみたり突然泣いたりしてみたりしたが、期待したような反応はなく、毎日は終始穏やかだ。褒めてほしくて「公開した記事にこんなに反応があったよ」と話すと、その人は静かに「ありがたいことだねぇ」と言った。鼻息荒く自慢したのがなんだか恥ずかしくなり、私は縮こまって「そうだね」と言った。

観測台に今までになく暖かく優しい風が吹いている。ひょっとして私も、この人に観測されているのかもしれない。「愛してるよ」と言ったら、今度こそ驚かせられるだろうか。いつか言おうと顔を見るたび思うのだけど、やっぱり今日も言いそびれてしまった。

巻末特別対談

ジェーン・スー×伊藤亜和

伊藤亜和をいち早く発見し、広く世に知らしめたジェーン・スーさん。
本書発売を記念して、出逢いのきっかけから今に至るまで、そして仕事や家族のことなど、様々な側面からお話をしていただきました。（インタビュー&ライティング　髙倉ゆこ）

ジェーン・スー
（コラムニスト・ラジオパーソナリティ・作詞家）

1973年東京生まれの日本人。TBSラジオ『ジェーン・スー生活は踊る』のパーソナリティを担当。毎週金曜17時に配信されている話題のポッドキャスト「ジェーン・スーと堀井美香のOVER THE SUN」が、2021年3月「JAPAN PODCAST AWARDS2020 supported by FALCON」にて、「ベストパーソナリティ賞」と、リスナー投票により決まる「リスナーズチョイス」をW受賞。『貴様いつまで女子でいるつもりだ問題』（幻冬舎）で、第31回・講談社エッセイ賞を受賞。他著書に『生きるとか死ぬとか父親とか』（新潮社）、『これでもいいのだ』（中央公論新社）、『おつかれ、今日の私。』（マガジンハウス）などがある。毎日新聞やAERA、Oggi、婦人公論、美STなど、数多くの連載を持つ。

ツイートでつながった関係

――ジェーン・スーさんが伊藤亜和さんの文章と初めて出逢ったのは、2023年の6月18日、父の日だったそうですね。

ジェーン・スー（以下、ジェーン）　そうです、そうです。ツイッター上で見かけた、亜和さんのnoteの文章「パパと私」を読んで、すぐにRTしたんです。さらにその後、「いまRTしたnoteすごくよかったからオススメしたい」とも書きました。縦横無尽に書ける人物が現れた、この人はもともと持っているバネの強さがほかとは違うぞ、と感動したことを今でもはっきりと覚えています。

伊藤亜和（以下、伊藤）　うちの母はスーさんのポッドキャスト（「ジェーン・スーと堀井美香のOVER THE SUN」）のファンで、ツイッターもフォローしていたらしいんですよ。それで6月18日に母から「ジェーン・スーさんが、亜和のnoteをRTしてるよ！！！」と興奮気味の連絡がきたんです。

ジェーン　面白いから読んでみてと勧めたくなった文章は過去にもあったんですけど、

「凄い書き手になるんだろうな」と感じたことは、あんまりなかったんです。でも、亜和さんにはそれを感じました。文章は練習すれば上手くなるものだけど、世の中をどう見るかはセンスだと思っていて、そのセンスが私の好みにぴったりだったので、感激してしまって。

伊藤　そうだったんですね。これまで「パパと私」が父親の話だったからかな、と思っていたんですけど。

ジェーン　私も父親の話を書いているので共感はあったけれど、それだけではないんですよね。「わかるー！」だけではないものがあったのです。

取り繕って笑ったりしない
そこが素敵だと思った

――これまで、おふたりの間でこういう話ってあまりしなかったんですか？

伊藤　そうですね。「私の文章のどこが好きなんですか？」なんて、なかなか聞きづらいですから（笑）。

ジェーン　確かに（笑）。初めて会ったのはいつでしたっけ？

伊藤　共通の知人を介して、ＴＢＳにご挨拶に行ったんですよね。ラジオ番組のあとに。それが２０２３年の７月くらい。そこからメールのやりとりを経て、「食事に行きましょう」ということになったのが８月でした。すごく暑かったことを覚えています。

ジェーン　中華を食べたんですよね。

伊藤　はい。私はスーさんの本を読んだこともなかったし、ラジオも聴いていなかったので最初はすごく緊張しました。漠然と「強い人」という印象があって、ＴＢＳの廊下で待っているときは正直怖かったです。実際に会ってみても、朗らかで優しそうな方という感じではなくて……（笑）。私は間が持たないときに、へらへら笑っちゃう癖があるけれど、スーさんは取り繕って笑ったりしない。自分とは違うタイプの方。むしろそこがいいな、素敵だなと思いました。

ジェーン　亜和さんはｎｏｔｅで文章を書いていただけなのに、よくわからない大人の前に連れてこられて、なんだか申し訳ないことをしてしまったなとも思ったんですよ。

伊藤　ふふふ。初めて食事をしたときは、収入の計算をしてくださったんですよね。「その取引先の原稿料は安すぎる」とか（笑）。

ジェーン　そうそう。とは言え、仕事について相談されれば乗るけれど、「こういうものを書いたほうがいいよ」とか、「こうしたほうがいいよ」とかは言いません。おせっかいにはなりたくないので。

ｍｉｘｉに書くことから始まった

――ｎｏｔｅで発表した「パパと私」が、創作大賞２０２３（ｎｏｔｅ主催）にて《メディアワークス文庫賞》を受賞。そして本書の出版へとつながっていくわけですが、その間はどんな心境でしたか？

伊藤　本文にも少し書きましたが、「なぜ、私が？」とは思わなかったですね。ああ、本当によかった！　という感じ。何もなくて何者にもなれなくて、先がまったく見えない状況だったので。ホッとした気持ちが大きかったですね。

――それでは、表現活動がたくさんあるなかで、おふたりが「書く」ということを選んだ理由は？　そもそも、なぜ書くことにたどり着いたのでしょうか。

伊藤　いろいろやってきたことから滲み出たことを書いていたので、書く仕事がメインになるとは……と、自分でも少し驚いています。私の中では、書く＝ストーリーを作る人というイメージがあったんですよ。たとえば小説家とか。だから自分には無理だと思っていました。役者や芸人になったあとにエッセイ本を出すといったことなら想像できたけれど、まさかエッセイストになるなんて、と。スーさんはなぜ書く仕事に就いたんですか？

ジェーン　私は35歳くらいまで文筆の仕事はしていなかったんです。会社員でしたから。ただ文章を書くことは好きで、ＳＮＳがないような時代から友だちにメーリングリストを送ったりして。

伊藤　メーリングリスト……？

ジェーン　考古学を学んでるみたいな顔をしないで（笑）。メールにあった機能で、複数人に一気に送れるんです。その機能を利用して、会社で起こったこととかを書いて友だちに送りつけていたの。書くのも面白いし、読んだ人から面白いねと言われるのも嬉《うれ》しくて。そのうちｍｉｘｉのサービスが始まって、ｍｉｘｉ日記をめちゃくちゃ書くようになったんですけど、友だちからは「1銭にもならないのによく書くよね」と言われていました。その頃くらいからかな。少しずつ「書く仕事がしたいな」と思うようになっていった感じです。

伊藤　なるほど。実際にお金をもらって書いたのは、いつなんですか?

ジェーン　35歳ですね。mixi日記を読んだ女性誌の編集部から、「連載コラムを書きませんか?」という話をいただいて。ただ「こういうテイストで」と指定されていたので、自由に書けたわけではありませんが。普段、自分が書いている文章のほうが面白いんだけどな……と思いながらも書いていたんだけど、結局1年で終わってしまいました。数年後からラジオの仕事を始めて、また書く仕事もしたかったので40歳でブログを立ち上げたんです。それがきっかけで本を出版することにつながっていきました。

伊藤　それこそ私もmixiの友だちの紹介文を書くのが得意だったんです。それを面白いと言ってもらったことがすごく嬉しかったことを今、思い出しました。mixiつながりですね。ところでスーさんは書くことと喋《しゃべ》ること、どちらが好きなんですか?

ジェーン　書くことですね。書くことは好きなこと、喋ることは得意なことというすみ分けです。喋るほうが喜んでくれる人も多いし、パイも大きいとは思うんだけど。どちらかひとつ選べと言われたら、絶対に書くことを選びます。

集団の外から人を見てきた

――ジェーンさんが亜和さんの文章のどんなところに惹《ひ》かれるのか、もう少しだけ具体的に教えてください。

ジェーン　景色は1000人いれば1000通りの見え方があると思うんですけど、彼女が見て書いた世の中の景色が好きということです。

伊藤　私は人を判断する力が弱いんですよ。その人がいい人なのか、それとも傷付けてくるような人なのか、よくわからない。どうして判断できないか考えてみると、いつも集団の外にいたからだと思うんです。性格的にも容姿的にもはじかれていて、いつも集団の外から人を見ていたから、善悪がよくわからない。攻撃してくるなら「なんだ、コイツ」となるけれど、私には「誰も」何も言ってこなかったんです。腫れ物みたいな扱いでしたね。本当はみんなと一緒に遊んだり、仲良くなったりしたかったんですけど。

ジェーン　亜和さんも私も、外れ値みたいなところにいたのかもしれないし、それが自分の人格形成に影響を与えているんだろうけど、亜和さんが私の書くものを読んで気に入ってくれているのだとしたら、「外れ値だから」ではないだろうなという気がします。私も亜和さんがマイノリティだからではなく、一個人としての世の中の見方が魅力的だから好きなんです。属性はどうでもいいというか……どうでもいいというのは言いすぎだけど。

伊藤　どうでもいいんじゃないですか？　それが一番嬉しいです。

ジェーン　属性は書くものや人格形成には必ず影響を及ぼすけど、私や亜和さんにとって、そこをハイライトするのは本意ではないよね。ふたりとも、自分の属性から起因されるような社会問題にのみ込まれないように警戒して生きている気がするので。

伊藤　そうそう。すぐに矢面に立たされそうになっちゃうから気をつけないと。一緒にされそうになったとしても「あなたたちのことよく知らないし。属性が一緒であっても性格も違うし」って思います。

ジェーン　私が子どもの頃に比べると、アフリカにルーツがある日本生まれ日本育ちの方はとても増えていて、いろんなところで活躍されています。どんどん景色は変わっている。そこを起点にして語ることももちろんできるんだけど、私が亜和さんから聞きたいのはその話ではないということです。

伊藤　私もその視点で語れることは少ないですね。万一、私が何かしらの賞を取ったとして、「アフリカ系ハーフ初の受賞」みたいに言われるのは嫌だな……などと考えて、ブルーになることもあります。

ジェーン　もしそうなったら、そこはニヤニヤしていようよ。乗っかっているようで乗っかっていないというスタンスで。「ジャパンは～」とか言っちゃって（笑）。

伊藤　「ジャパンは～」ですか。ははは。

ジェーン　荷物は背負わない。神輿《みこし》が来たら逃げる、私はそうしています。

伊藤　変な奴のフリをして、話が通じないように振る舞うのがいいのかもしれませんね（笑）。

人の期待には応えず
すくすくと書いてほしい

――伊藤さんのエッセイには、さまざまな気になる人が登場します。お父さまもそうだけど、元彼の「メメ」や、友人の「山口」など、個性的な方が多いですよね。

伊藤　それは私も思います。面白い人が集まってくるなーと。異質を察知する機能が低い人たちが恐れず私のところへやってくるみたい。母と私は性格がよく似ているんですけど、母も同じようなことを言っていました。何かが外れている人が眼前に躍り出てきて、仲良くなったり、その人のことを好きになったりするんだよね、と。

ジェーン　それが亜和さんの世の中の見方なんでしょうね。実際にその人たちが面白いかどうか、私にはわからない。亜和さんが書くものでしか知り得ないけれど。

伊藤　そうですね。私が好きだと思う人は、こだわりが強すぎるとか、協調性に欠けるとか、そういう、好かれにくい特性があったりして、世の中に吐き捨てられちゃうような人たちなのかもしれません。でもそこがいいんです。ただの「いい人」に私は惹かれないから。人には理解されないその人のいい部分を探そうとする癖があるんです。きっと変な角度から世の中を見ているんでしょうね。

ジェーン　いろんな人の良い部分を見つけられるのは書き手としては有利だけれど、人間関係で少し危うい目に遭う可能性がないとは言えないのが悩ましいね。

伊藤　そうかもしれませんね。ただ、危険な目にも遭ってはいるけど、立ち直れないほどの傷やトラウマは負っていないんですよ。だから、私が死ぬ瞬間までそれでいいと思っているなら、いいんじゃないかとも思っています。ところでスーさんには、「書く苦しみ」みたいなものがありますか？

ジェーン　う～ん、どう書いていくか試行錯誤することはあるけど、いわゆる苦しみとは違うような……。「書かなきゃいけないけど眠いな」とか、そういうことは多々あるけど。

伊藤　私は事実を淡々と書くのは平気なんですけど、自分の精神を分析するような内容だとかなり苦しいですね。今作のなかだと『「いいひと」とは』などがそうでした。本当は自分がどう思っているのか、世の中にあるものに例えて文章を書くのは、事実を書くこととは構成が違って難しいんです。「本当にこれでいいの？」「実際の行動と合っている?」などと考え始めると、なかなか書き進められなくて。

ジェーン　あまり難しく考えず、そして誰の期待にも応えずに、すくすくと書いてほしいと思ってます。

伊藤　期待に応えようとしちゃう性格なんですよ、これが。

ジェーン　やめといた方がいいよ。書いていてつまらないだろうから。自分で納得できるものが書けることが幸せだし、読者にも伝わると思う。私もこれまで、本当に書きたいものを書けたとき、一番反響が大きかったたし。その感覚は案外、信じていいと思う。

伊藤　そっか。私、「パパと私」が評価された理由があんまりわかっていなくて。

ジェーン　それでいいと思う。言葉にできない感覚って大切だから。端的に「ここがいい」って言われなくても、むしろ「なんかいい」って言われる方がいいと思う。とりあえず、このまま書いていれば大丈夫よ。

伊藤　はい。ありがとうございます。

巻末特別対談

ジェーン・スー×伊藤亜和

ふたりは山田チルドレン

ジェーン　ｎｏｔｅにお母さまが山田詠美《やまだえいみ》さんのファンだという話を書いていたのを読んで。「エイミーの本の上に、物を置かないで」って小さい頃に言われた話（本作には未収録）。それを詠美さんにメールで伝えたら、すごく喜んでいました。山田詠美さんの作品を読んでいたお母さまがいて、20〜30年後に作家・伊藤亜和が生まれた。もう、山田詠美が伊藤亜和を産んだと言ってもいいぐらいだと勝手に興奮しています。

伊藤　家に置いてあるたくさんの詠美さんの本を見たとき「お母さんはこれを読んで大人になったんだな」と、ちょっと感慨深いものがありました。確かに詠美さんの文章は母の人格に影響を与えているし、私の教育にもつながっていると思います。私自身、詠美さんの小説を読んだとき「お母さんだ！」と思ったほど。

ジェーン　我々は完全なる「山田チルドレン」だね。私もあんまり本を読まずに育ったんだけど、詠美さんの本だけはたくさん読んできました。米軍基地とか音楽とか大人の恋愛といった、自分の知らない世界を覗いてみる感覚で読み始めたけれど、本質的には人間の辻褄の合わない愛しさや、自分のルールや矜持を持って生きることの大切さを学びました。それってDNAみたいなもの。DNAって肉体を介在させなくても伝わっていくものなんだな、本の力ってすごいなって、改めて思います。

伊藤　私もあまり本を読んでこなかったから、詠美さんの本を読んだとき、「こんな文章、私には書けない」とハードルが上がっちゃったんですよ。就活のときも文章が書きたいなんて恥ずかしくて言えなくて、何をする職業かよくわかってなかったのに「編集者を目指しています」とか言っちゃって……。でも結局は、文章を書く道に進んでいるから不思議。これもDNAの力でしょうか。

「ホンモノ」とは一体、何？

伊藤　少し前、スーさんに「ホンモノってなんですか」と聞きましたよね。「才能がある人ってどういう人だと思いますか？」と。本書にも書いたんですけど、スーさんは「ホンモノって言うのはね、作家っていう肩書が欲しいっていう気持ちよりも先に、書きたいって気持ちが文章から溢れてる人のことだよ」と言ってくださって。私はずっと、「何者かになりたい」と思って生きてきたけれど、書くという行為に関しては、そこを目指していたわけじゃなかったのかもしれないなと思いました。あと、スーさんにまた質問があるんですけど、いいですか？

ジェーン　もちろん。

伊藤　私は以前、ツイッターに「全部、自分のせいだと思って生きてきたから、社会やシステムが悪いと考えたことがない」みたいなことをツイートしたことがあって。炎上まではいかないけれどボヤくらいの騒動になったから、すぐに鎮火したんですけど。そのとき「あなたはまだ若いからわからないけれど、大人になれば社会システムが悪いということがわかるよ」といったことを何人かに言われたんです。いまは受け入れられないけれど、歳を重ねたら彼らが言っていることが理解できるようになるんでしょうか？

ジェーン　うーん、そうだな。年を重ねて、できるようになることがあるとすれば、社会のシステムに悪いところがあることを認める話と、自分自身がそれにどう対峙《たいじ》するかは別の話であるということを、誰かを刺激しないように言えるようになるってだけ。それはテクニックの話で、亜和さんの考えが変わるわけじゃないでしょう？　自分のせいだと思っていても摩耗しないだけの最低限の強さがあるんだろうし、実際、自分でどうにかできると思っていることが、いくつかあるんだと思う。基本的に、他者の影響で自分のアビリティが変容することを許さない気高さがあるんだよ。私は亜和さんのそういうところが好きなんだと思います。

伊藤　今まではじかれて、それでも元気に楽しくやっていく方法を考えてきたのに、今さら「社会システムが悪かったから、こっちにおいで」って言われても、無理だよって思っちゃうんです。

ジェーン　ちゃんと「私は私である」という自信があるってことなんじゃないですか？

伊藤　そうですね。口では「自信がない、自信がない」と言っているくせに、自分のことが嫌いじゃないんだと思います。

ジェーン　むしろ好きだよね。うん、好きだと思う（笑）。でも書いている人って皆、そうなのかもしれないですよ。

巻末特別対談
ジェーン・スー×伊藤亜和

家族といかに向き合うか

——今作には、伊藤さんを一躍時の人とした「パパと私」をはじめ、同居する祖父母やお母さまのことなど家族についての話がたくさん綴られています。ジェーンさんもお父さまとのことを本にまとめられているので、ぜひお互いの家族との関係について聞かせていただきたいです。

伊藤　私は父親とケンカ別れして以来、ずっと会っていないので情報が更新されていません。

ジェーン　どのくらい会ってないんですか？

伊藤　18歳のときからだから約10年ですね。

ジェーン　10年の節目にこの本が出る。

伊藤　そうですね。でも日本語は読めないんです。最近、弟を通じてポロシャツを贈ったけれど無反応だったし。

ジェーン　うちの父親もそうですけど、こちらが期待するようなリアクションをしてくれる親ではないんでしょうね。うちは講談社エッセイ賞の受賞パーティに来てくれたものの、「お母さんに見せたかったな」と2秒くらい勝手に泣いて、「東京會舘のメシはやっぱり旨いな」と言い残して途中で帰りましたからね。私の本も読まないし、ラジオもほとんど聴いていない。でもこちらも期待していないから、お互いさま。

伊藤　家族以外には期待しないんですけどね。家族だと、つい期待しちゃう自分がいます。

ジェーン　その渇望感が亜和さんに物を書かせる原動力になっているんだとしたら、この状況はラッキーですね。

伊藤　はい。最近では、悲しいことがあっても「ネタができた」と思うようになりました。

ジェーン　そうそう、それでいいんだと思います。書くことって高尚なことじゃなくゲスい仕事なんだから。転んだら小銭に変えろ！　と思って私は書いています。

伊藤　はい、そうします（笑）。ところでスーさんはいつ、父親に対して面と向かって「ひどい！」と言えたんですか？

ジェーン　24歳。母親が死んだ後ですね。父親のことはうすうす「やばい奴」と感じてはいたけれど、緩衝材になってくれていた母がいなくなったことで改めて気付いたという感じでした。

絶対に親孝行したいと思っている

伊藤　いずれ仲直りしたいと思ってはいるのですが、父親の人格が理解できなくて、二の足を踏んでいたところがあるんです。

ジェーン　私もそうです。人格が理解できない。なんでそんなことするんだろう？と、よく思う。日常的なことでもそうだし、重要なことを決めるときもそう。私なら絶対にしない選択をするからギョッとする。でもね、親とぴったり合う人のほうが少ないと思うから、気が合わないレベルが凄《すさ》まじかったんだと思うようにしています。

伊藤　私の場合は、気が合わないというレベルを超えてもはや災害なので……。会わないことで心の安全が保たれていることをいいことに、ずっと避けてきましたが、そろそろ向き合わなきゃいけないと思っているところです。スーさんはこれまで、父親と縁を切ろうと思ったことはないんですか？

ジェーン　「親　縁を切る」で検索したことは何度もありますよ（笑）。でも、いま考えると、父を野に放つのは危険すぎるからこれでよかったのかも。たとえば身体的・精神的・経済的なDVをしてくる親ならば、縁を切るのは妥当な選択だと思うし、支持します。でも、うちの父はそういうのともまた違うんです。いま86歳ですし、いずれ終わりが来るので、いまのところはこのままで。

伊藤　そうですか。私は縁を切っちゃったようなものなので……。

ジェーン　良くも悪くもですが、18歳～28歳までの10年間会わなかったくらいで、縁は切れないかもしれません。亜和さんも父親のこと、完全に嫌いなわけじゃないんでしょう？

伊藤　はい。絶対に親孝行がしたいと思っています。親孝行と言っても世間一般のハートフルなものではなく、育ててもらった分の借金を返したいんです。これだけ返せば文句は言われないだろうという額を渡すのが目標です。

ジェーン　そういう意味では私も、旅行に連れて行くとか、ふたりで思い出を作るみたいなハートフルな親孝行は一切してません。父親は、私のことは愛してると思うし、かわいいと思ってはいると思うんだけど、最優先は自分。自分の時間や労力を費やして子どもと向き合おうとはしてこなかった人です。でも、私は子ども時代にお金で困ったことはないんです。だから、大人になった私は月々のお金を父に渡すという、父が私にしたのとまったく同じことをしている。それが私なりの親孝行なんだと思います。

伊藤 私も祖父母に「お金がない、お金がない」と言われて育ったので、今、少しずつお金を渡して恩返ししているところなんです。でもお金を使っている様子はありません。祖母は、旅行も喜ばないし、食事も魚のキモみたいな安価なものが好きだし、どう孝行したらいいものか悩ましいです。一緒にいてあげることくらいしか思いつかない。

ジェーン それが一番ですよ。おじいちゃんに対する孝行はどう?

伊藤 祖父は、長年写真を撮ってきた人なんですけど、私の知人が祖父の写真を気に入ってくれて、写真展を開催できることになったんです。京都のギャラリーでアートディレクションを担当している方が、祖父の写真を気に入ってくださって。評判がよかったら東京でもやるみたいなので、そのときは祖父を会場へ連れ出そうと思っています。あと写真集も出版することになったので、そこに文章を寄稿させてもらいました。これで少しは恩返しできたかな？　祖父だけは好きなことが明確だったので、孝行しやすかったですね。

ジェーン　あとは父親ですね。

伊藤　はい。仲直りするとしたら、どうするのがいいと思いますか？

ジェーン　この本に収録されている「パパと私」をフランス語に翻訳してもらって、それをプレゼントするとか。「ごめんなさい」も「ありがとう」も言わなくていいと思います。文章が書ける娘に育ったことに喜びを感じるのか、それとも想像もしないような感想を持つのかはわからないけれど、それで十分だと思いますよ。

伊藤　フランス語に翻訳かぁ。それは考えたことなかったですが、いいかもしれませんね。ちょっと検討してみたいと思います。ありがとうございます。

（完）

あとがき

バイト先の副店長に、出版する本のタイトルを聞かれ、私はやや照れながら「えっと、『存在の耐えられない愛おしさ』」と答えた。副店長は「え？　存在の耐えられない、なに？　愛おしさ？　どういう意味？　なんで愛おしいのに耐えられないの？」とノッポの体を左右に揺らして、困惑した顔をしながら言った。私は「そこなんすよ……」と意味ありげな顔でひとこと答え、そしてそのまま黙って遠くをみた。どこなんだよ。口にこそ出さなかったが、副店長はそう思ったに違いない。

実は私も同じことを思っていた。自分でタイトルを決めておきながら、理由を聞かれると難しい。いろいろ考えてはいたはずなのに、どうやら人に問われると「さぁ？」と有耶無耶にして、けむに巻いてしまいたくなるようだ。お気づきの方も多いかと思うが、本書のタイトルは、チェコスロバキア生まれの作家、ミラン・クンデラの代表作『存在の耐えられない軽さ』を意識したものである。クンデラファンにバレたらグーで殴られるような要約で説明すると、男女がいちゃついて死ぬ話だ。最初にこの作品を知ったのは、確か大学での「越境文学」なる授業。タイトルだけの紹介で、テクストは読まなかったと思う。その次に見たのは、大学を卒業してから付き合った恋人の本棚の隅。不可思議なタイトルが妙に記憶に残っていて、思わず手にとりページを開き、そして10ページほどで飽きた。そして去年の夏、クンデラは死んだ。

本を出すことが決まり、アルバイトをしながらちびちびと原稿を書き進め、本にできるだけの原稿がなんとか揃った。タイトルを決める段階になって、いくつか候補を出したり出されたりしたが、いまいちどれもピンとこなかった。人のエッセイを読んだこともほとんどなかったし、どんなエッセイが求められているかもよくわからず、それを知るため、近所の書店のエッセイコーナーを頻繁に訪れては、手に取るわけでもなく、棚の周りを回遊魚のように周回した。やたらご長寿のエッセイが多い。みんな、なんだかんだで長生きしたいのだなと思った。私の通っていた書店では、エッセイは「男性エッセイ」と「女性エッセイ」に分けて並べられていた。女性は女性のエッセイを読み、男性は男性のエッセイを読むということなのだろうか。自分が書き溜めた原稿をふと思い返してみる。私が書いたものにはいわゆる〝女性の生きづらさ〟については書かれていないし、恋愛の話もそれほど多くない。私の本は、この書店のどちらの棚にも適しているし、どちらにも適さないような気がして、頭の中に「越境」という文字が浮かび上がった。私はエッセイの棚を離れ、海外文学の文庫が並ぶ棚から『存在の耐えられない軽さ』を抜き出してレジへ向かった。

なにかヒントがないか、線を引きながら、ページを折りながら夢中で読み進める。主人公のトマーシュは「Es muss sein!《こうでなければならない》」と何度も言いながら、決定的な人生の選択を繰り返す。存在の耐えられない軽さは、ニーチェの永劫回帰の話題から始まる物語であるが、それよりも私は、昔ある人が「人間に自由意思はない」と断言していたのを思い出した。人間はその時の状態や環境によって、必ずそれに沿った決断をするものなのだという。今日、私がどのシャツを着て、なにを選んで食べるか、それすらビックバンが起こった時点で決まっていることなのだそうだ。そう言われると抗いたくなるのが人間だが、自信をもってそう説得されると、そんな気がしてくるのも人間である。

本当に、こうでなければならなかったのだろうか。父と私の関係も、私が社会からはぐれるのも、大切な人と別れなければならなかったのも、こうでなければならなかったのだろうか。こうでなかった世界のことも信じていたいけれど、現実の結末は、この本に書いたいくつもの話の通りだ。私の姿かたち、叶わなかった夢、愚かな失敗、にどと会えない人。それが今から覆ることはないだろう。私は自分が「恨んではいない」「憎んではいない」「無駄ではない」と、繰り返し書いていることに気がついた。そう、どうせ覆らないのなら、せめてその途中にあったはずの楽しかったことを書きたい。悲劇として書くにはあまりにも捨てがたい、どこにでも幸福なひとときがあったことを、私は誰かに知ってほしかった。

タイトルとして意味が成立しているかは自信がないし、どういうことかを聞かれても、やはりよくわからない。ただ、過ごした時間が愛おしいということだけが伝わればいい。そう思って「軽さ」を「愛おしさ」と置き換えてみた。

最後に、この本に関わってくださったすべての人たちに感謝を述べたい。

ＲＥＢＥＬＳラウンドガール時代から見守ってくださり、私に文章を書く道を強く勧めてくださった森恒二《もりこうじ》先生と奥様。おふたりが見守ってくださったおかげで、私は細々とでも書くのを辞めずにいることができました。先生が私に目指してほしい先はまだまだ先なのだと思いますが、ひとまずここでお礼を言わせてください。最後にお会いしたのは、もう何年も前になりますね。今度お会いしたら、私は奥様と限界まで飲んで、へべれけになるつもりです。ご迷惑をおかけするかもしれませんが、その時はどうかよろしくお願いいたします。

「パパと私」を読んでくださり、面白がってくださった糸井重里《いといしげさと》さん。先日は対談の場まで頂き、大変光栄でした。津軽に行ったとき、深浦《ふかうら》の「食堂・民宿　田中」の女将があまりにも楽しそうに糸井さんの話をしていたので、一体どんな人なのだろう、とずっと想像を膨らませておりました。実際にお会いした糸井さんは、女将の言う通り「気取らない人」で、私も緊張がほぐれ、つい楽しくお話してしまいました。失礼もあったかと思います。すみません。推薦文に恥じぬよう精進してまいりますので、これからも楽しんでいただければ幸いです。女将にもぜひ会いに行ってあげてください。ありがとうございました。

なぜか突然フォローしてくださり、推薦文の依頼まで快諾してくださったシソンヌのじろうさん。もともとファンだったので、フォローされたときは嬉しすぎて、その年いちばんの大声が出ました。私はバニーガールのアルバイトをしているのですが、バニーガールはなぜか「じろうファン」が多いです。私は「じろうに認知された女」として、日々バニーたちから嫉妬と羨望のまなざしを浴びています。バニー一同心づくしのおもてなしをさせていただきますので、ご来店お待ちしております。それと、じろうさんがエッセイに書かれていた細いタケノコは我が家でも食べます。ありがとうございました。

スーさん。「パパと私」拡散に留まらず、私が書く仕事を長く続けられるようにいつも助けてくださっているスーさんには、本当に感謝しきれません。私が卑屈になったり弱音を吐くたび、スーさんが真正面から「できるよ、できるよ」と言ってくれて、そう言われるとなんだかできるような気がしてきて、実際できます。私としては正直もう、改まってここに書くのもなんだか照れ臭いな、と思ってしまうような存在です。また美味しいもの食べましょう。

そして、編集担当の大谷《おおたに》さん、遠藤《えんどう》さん。KADOKAWAのみなさま。創作大賞2023で、私をメディアワークス文庫賞に選んでくださってありがとうございました。あの賞がなければ、今日という日を迎えることはありませんでした。編集担当のおふたりには、最初に要望を聞かれて「かまってほしい」という意味不明なお願いをしたにもかかわらず、私がふてくされないように、こまめに様子をうかがったり、原稿を褒めたりしてくださいました。いちばん最初の本がここで書けて良かったです。これからもどうかよろしくお願いいたします。さて、夕方までになんとか書きあげましたのでお送りします。大谷さんが印刷所の人に怒られませんように。

本書は２０１９年11月～２０２３年12月にｎｏｔｅにて発表された「亜細亜の平和」

「パパと私」「日光とガソリンと女友達」「１１０万円の給湯器を買いそうになりました」

「ご挨拶」「一切は過ぎてゆきます」と、２０２３年８月～２０２３年12月に
「きらきらシニアタイムス。」で公開された「山男とじょっぱり女、ときどき、あやしい孫①～⑤」

を加筆修正の上、書き下ろしと対談を加えたものです。

伊藤亜和
（いとう・あわ）

文筆家。1996年横浜市生まれ。
学習院大学文学部フランス語圏文化学科卒業。
本書にてデビュー。

存在《そんざい》の耐《た》えられない愛《いと》おしさ

2024年 6 月14日　初版発行
2024年10月 5 日　3 版発行

著　者　伊藤亜和《いとうあわ》
発行者　山下直久
発　行　株式会社KADOKAWA
〒102-8177　東京都千代田区富士見2-13-3
電　話　0570-002-301（ナビダイヤル）
印刷・製本　TOPPANクロレ株式会社

ISBN978-4-04-915779-6　C0095